DEUXIÈME ÉDITION

AUGMENTÉE CONSIDÉRABLEMENT DE LETTRES ET DE DOCUMENTS NOUVEAUX

UN NID D'AUTOGRAPHES

LETTRES INÉDITES

DE

HAYDN, CHERUBINI, MÉHUL, BOIELDIEU, FERDINAND RIES
STEIBELT, GARAT, HECTOR BERLIOZ
ROUGET DE LISLE, BÉRANGER, CHOPIN, GEORGE SAND, BEETHOVEN
CLEMENTI, MANSUY, IGNACE
ET CAMILLE PLEYEL

DEUX CIRCULAIRES DE

CHÉRUBINI, MÉHUL, KREUTZER, RODE, ISOUARD ET BOIELDIEU
Marchands de cordes de Naples

RECUEILLIES ET ANNOTÉES

Par OSCAR COMETTANT

avec *fac-similé* des lettres de

HAYDN, CHOPIN, HECTOR BERLIOZ ET BEETHOVEN

PARIS

E. DENTU, ÉDITEUR

LIBRAIRE DE LA SOCIÉTÉ DES GENS DE LETTRES

PALAIS-ROYAL, 15-17-19, GALERIE D'ORLÉANS

Mein lieber Angehöriger Pleil — und nahen
sie, und ihre Familie, ich hatte schon oft
gewünscht bei ihnen zu sehn, bis hieher
war es nicht möglich, denn Ihr. C [illegible]
der Krieg dieser Schicksal, ob man sich
seiner Gaben müßte erhalten lassen — oder
Lohnherr — — so müßte man zurück
zu sehen

mein lieber Camillus, so hieß, wenn ich nicht
vor der Trauer, die dir höchst Verhältnis,

Wien den 6ten 10br
802

Liebster Pleyel.

Ueberbringer dieses ist Herr Haensel mein Compositions Schüler – ein liebenswürdiger junger Mann mit dem schönsten Caracter, zugleich ein sehr guter Violin Spieler – wünschet durch mich Deine Bekanntschaft, um ihm in nöthigen Fall an die Hand zu gehen, sein Talent weist Du aus seinen 3 ersten quartetten [illegible], er ist in Diensten bey der fürstlichen Fürstin Lubomirsky: ich empfehle ihn derowegen in Deine wohlgewogenheit. Uebrigs sage ich Dir verbindlichsten Danck für die durch H: Pichl überschickte ausserordentlich schöne Auflag deiner quartetten, welche ich im ganzen wegen dem so schönen Stich, Papier – und Correctheit bewundern muss; nur schade, dass mir in den kleinen Format, welches ich von Pichl um 52 f gekauft habe, zwey Blätter von denen quartetten der Violon wohl abgehen, ich ersuche

verwegen ist; nun ist mir vergönnt zu wissen wie dich zu erfreuen:
einen unser bereits deines schönes erhielt ich vor kurzem durch Hr. Hinel
aus Berlin mit 3 Quartetten und einer Sinfonia in Es in kleinem Format,
schöneres und prächtigeres kan man nicht mehr sehen, der himmel belohne deine
Bemühungen, die vergrössert dadurch mein und dein Musicalisches Talent!
nur wünschte ich so jung meines hohen alters zu entschlagen, um dir noch
einmal von meiner arbeit mittheilen zu können – vielleicht – kan es doch noch
geschehen, indessen lebe wohl, und liebe deinen alten Haydn – solang dein
herz warm, und verbleiben wird. Amen

Mein Compl. an deine liebe gemahlin

Mein Fürst wird noch zu Ende dieses Monaths in Paris eintreffen. grüsse Ihn

Ich bitte dich auch den Posten mich addressirten von Hr. Engländer(?) liegen gebliebenen brief
aus zu lösen und anhero zu schicken.

[illegible]
ich auch so heißen, wenn ich Ihrer Allerhöchsten Apostolischen Majestät, wo Sie nicht
hinschicken — und machen Sie auch ihr
Verlaubt lieber Camill — ich hoffe, Sie
besuchen so mich allein bloß für sich
werden — Sie thun recht Mozart daß
ich niemals für beyder Liebe und
Hohen Damen Freundschaften, und würde ihr eben
den Kaiserlichen [illegible], und Sie mir zu schreiben
haben auch [illegible] dem, und Sie selbst und Ihre
Familie wünscht zu wissen — leben Sie wohl [illegible]
[illegible]

UN

NID D'AUTOGRAPHES

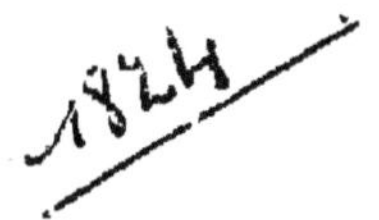

PARIS

IMPRIMERIE DE LA SOCIÉTÉ POLYTYPOGRAPHIQUE

NOIZETTE, DIRECTEUR

8, rue Campagne-Première, 8

UN NID D'AUTOGRAPHES

LETTRES INÉDITES

DE

HAYDN, CHERUBINI, MÉHUL, BOIELDIEU, FERDINAND RIES
STEIBELT, GARAT, HECTOR BERLIOZ
ROUGET DE LISLE, BÉRANGER, CHOPIN, GEORGE SAND, BEETHOVEN
CLEMENTI, MANSUY, IGNACE
ET CAMILLE PLEYEL

DEUXIÈME ÉDITION
AUGMENTÉE CONSIDÉRABLEMENT DE LETTRES ET DE DOCUMENTS NOUVEAUX
RECUEILLIS ET ANNOTÉS

Par OSCAR COMETTANT

avec *fac-similé* des lettres de

HAYDN, CHOPIN, HECTOR BERLIOZ ET BEETHOVEN

PARIS
E. DENTU, ÉDITEUR
LIBRAIRE DE LA SOCIÉTÉ DES GENS DE LETTRES
PALAIS-ROYAL, 15-17-19, GALERIE D'ORLÉANS

1886

CAUSERIE

SUR LA SECONDE ÉDITION

Il était aisé de prévoir le succès d'un petit livre tel que celui-ci qui offrait au monde musical, à tous les curieux des choses de l'art, des lettres inédites écrites par les plus illustres musiciens de la fin du siècle dernier et du commencement de celui-ci et adressées à MM. Ignace et Camille Pleyel, les très artistes fondateurs de la grande manufacture de pianos dont la réputation universelle nous dispense de tout éloge.

Ce succès, nous l'avions prévu.

Il a dépassé nos espérances.

Plus de deux cents journaux français et étrangers à notre connaissance, avec nombre de revues et de publications spéciales, ont consacré des articles au *Nid d'autographes*. En outre, il en a été fait des reproductions et des traductions en langues étrangères.

C'est beaucoup d'honneur pour un opuscule de moins de cent pages d'impression.

Mais cet honneur, nous savons à qui il revient tout entier.

Dénicheur de ce nid précieux, mon mérite, à moi, s'est borné tout simplement à l'avoir déniché.

Et voilà comment il se fait que, sans la moindre vanité d'auteur, — puisque je n'en suis pas l'auteur, — je puis néanmoins me vanter du succès de ce petit recueil qui est bien le mien.

Je remercie mes confrères en journalisme qui m'ont fait la grande joie d'entrer dans mon *nid*. Ils en ont énuméré les richesses avec trop de bienveillance pour celui qui n'avait eu qu'à les classer et à rappeler dans quelles circonstances elles se sont produites, pour en faire apprécier la valeur.

Tel un bijoutier sur lequel se fixe l'attention et que l'on récompense pour n'avoir eu qu'à ranger dans sa vitrine les bijoux dont il n'est pas l'auteur, que d'autres ont dessinés et ciselés, dont ils ont serti les pierres précieuses, après que d'autres les avaient découvertes, taillées et polies.

Je ne suis que l'exposant de ces joyaux autographiques, et c'est grâce à vous, mes chers confrères, que ma trouvaille a été rapidement connue du public et que par suite la première édition s'en est trouvée épuisée en quelques mois.

C'est donc la deuxième édition que je publie aujourd'hui.

— Eh quoi, se dira-t-on peut-être, une seule édition épuisée en quelques mois? Il n'y a vraiment pas là de quoi se montrer si satisfait. Est-il un roman nouveau qui n'atteigne une dizaine d'éditions en quelque semaines? La première édition est même si vite enlevée, que personne n'en voit un exemplaire. A la bonne heure! voilà du succès. Mais deux éditions seulement en près d'une année!... C'est misérable, et presque honteux.

Je répondrai à cela tout d'abord que des curiosités bibliographiques du genre de celle-ci sont de la substance de fins gourmets d'esprit, et que les romans en général forment la pâture de gourmands plus ou moins intellectuels, dont l'insatiable appétit peut et veut tout dévorer. Voyez la différence et comptez le nombre des consommateurs de l'une et de l'autre catégorie.

En second lieu, il est une raison extrêmement péremptoire qui explique le nombre étonnant d'éditions auquel atteignent certains livres en dix, en vingt, en cinquante fois moins de temps qu'il n'en faudrait pour les réimprimer.

Au moment même où j'écris ces lignes, j'ai sous les yeux un journal à informations qui annonce en ces termes la mise en vente d'un livre auquel la politique n'est pas étrangère :

« Ce livre obtient un succès vraiment extraordinaire. En deux jours, *vingt éditions* ont été enlevées. »

Cela fait un peu moins d'une heure et quart pour la fabrication de chaque édition. Quel prodige !!

Sachons nous montrer satisfait à moins et ne nous attardons pas plus longtemps à vous dire quelques mots de cette nouvelle édition.

Sans rien retrancher du texte de la première édition, cette deuxième se trouvera augmentée de quelques nouvelles lettres et aussi de quelques documents intéressants et instructifs.

Lettres et documents nouveaux, nous les avons puisés à la même source généreuse, dans le même *nid* précieux, c'est-à-dire dans une malle cuirassée de fer, plus que centenaire, et qui s'ouvre par le dessus, ce qui suffirait à la distinguer de toutes les autres malles, lesquelles, on le sait, s'ouvrent sur le côté du devant. L'énorme clef s'introduit dans la serrure, comme le vin entre dans la bouteille, aurait pu dire Victor Hugo.

Coffre et clef ayant été mis à ma disposition par l'extrême obligeance de M. Auguste Wolff, je me suis assis près de ce vénérable et vénéré coffre, comme un avare s'assoirait près d'une caisse remplie d'or et de pierres précieuses.

Ce n'est donc pas sans une certaine émotion, que comprendront les chasseurs tels que moi de bibelots intellectuels, que j'ai fait grincer la grosse clef dans la grosse serrure de la grosse malle et que j'ai mis à découvert les manuscrits qu'elle renfermait.

Avec la respectueuse précaution qu'on imagine, j'ai sorti du coffre et détaché tour à tour dix paquets poudreux dont la poudre me montait au cerveau plus chatouilleuse et plus embaumée que le plus fin tabac d'Espagne.

Quel menu varié de curiosités autographiques, biographiques, historiques, musicales et littéraires!

Mon appétit de fureteur de vieux papiers s'en est trouvé tout à coup si surexcité, que j'aurais voulu choisir *tout*. Tel cet enfant vorace à qui on offrait un gâteau partagé en deux et qui disait : « Je veux le plus gros morceau et l'autre aussi. » Mais il fallait se borner pour ne pas épaissir outre mesure mon *Nid* à sa deuxième édition, et lui conserver son caractère de simple opuscule.

Dans ces archives des deux Pleyel, j'ai choisi :

1° Une lettre de Haydn datée de Vienne, 4 mai 1801, avec cette suscription : *Monsieur Pleyel, compositeur très célèbre, à Paris.*

Avec la lettre de Haydn qui se trouve déjà dans le *Nid d'autographes* cela fait deux, et ce n'est pas trop quand il s'agit d'un musicien de cette valeur et qui, on le sait, fut le professeur d'Ignace Pleyel.

Cette dernière lettre, non moins étendue que la première et dans laquelle celui qu'on a très justement appelé le père de la symphonie, ne s'occupe guère que de ses compositions, se termine par un *post-scriptum* tout à fait inattendu et que l'on pourrait considérer comme une cruelle et indigne plaisanterie, si l'on ne savait que Joseph Haydn, esprit religieux, cœur excellent et naïf, était bien l'homme le plus simple et le plus honnête du monde.

2° Une lettre du célèbre pianiste compositeur Muzio Clementi, datée de Londres 29 juin 1802. A ce moment, Clementi, ayant perdu toute sa fortune gagnée comme professeur, virtuose et compositeur, avait, pour se refaire, monté une fabrique de pianos à Londres et ouvert un magasin de musique et de divers instruments. Il écrit à Pleyel, qu'il appelle son cher ami, non point pour lui offrir ses ouvrages, à lui Clementi, mais pour lui demander de se rendre acquéreur des siens. Clementi ne cache pas à Pleyel sa grande admiration pour ses compositions. Désirant les éditer à Londres, il lui demande la « préférence ».

3° Une lettre de Beethoven (nous en avons déjà publié une des plus intéressantes, en ce qu'elle fixe à Pleyel le prix qu'il désire recevoir pour la propriété, en France, de six œuvres des plus importantes : une symphonie, l'ouverture de *Coriolan*, trois quatuors, un concerto de violon, un concerto pour piano, le concerto de violon arrangé pour piano avec des notes additionnelles. Nous ne disons pas le prix, que le lecteur connaîtra en lisant cette lettre de Beethoven.

4° Un document des plus curieux.

Pleyel avait adressé une demande à M. Montalivet, ministre de l'intérieur, comte de l'empire, à la date du

16 octobre 1810, pour qu'il soit autorisé à importer en France, pour les besoins de sa fabrique de pianos, du bois d'acajou, du bois d'ébène, de la nacre, de l'ivoire et de l'écaille.

Que répond le ministre de Napoléon Ier? Il répond qu'il soumettra volontiers cette demande à Sa Majesté, mais qu'avant tout il est indispensable que Pleyel fasse connaître sur quel navire, français ou américain, il compte faire charger ces produits.

O liberté impériale!

On lira ce document qui, quoique très court, en dit long sur les entraves apportées au commerce en ces temps trop belliqueux.

5° Un autre document, d'un intérêt tout à fait intime, celui-là : c'est un règlement que s'était imposé Camille Pleyel pour l'emploi de son temps, de sept heures du matin à minuit !

Si Camille Pleyel fut le digne fils de son père, s'il fut à la fois un pianiste de grand mérite, un homme instruit et l'administrateur si autorisé de la manufacture qui porte son nom avec celui de M. Wolff, il le dut à un travail méthodique et soutenu, à une conduite que l'on peut donner en exemple!

6° Une lettre de Béranger à Rouget de Lisle, écrite sans indication de lieu, sans date, et remise à domicile chez l'auteur de la *Marseillaise*, qui demeurait alors rue Saint-Honoré, car l'enveloppe ne porte aucune marque de l'administration de la poste, ni le numéro de la maison où habitait le moderne Tirtée.

Nous avons fait des recherches, au sujet de cette missive des plus intéressantes, qui sera expliquée à la suite du texte de la lettre dans le corps du volume.

Comment cette lettre curieuse de Béranger à Rouget de Lisle (que le célèbre chansonnier appelle *Delille)* se trouve-t-elle parmi les lettres manuscrites adressées directement à Pleyel ?

J'ai posé la question à M. Wolff, qui n'a pu me répondre.

Mais pour un billet en plus dans ce précieux coffre, que de lettres en moins qui ont pris leur envolée et qu'on ne retrouvera probablement jamais !

J'y ai cherché quelque lettre de Mozart à Pleyel et n'en ai point trouvé. Mozart avait pour Pleyel la plus grande estime, témoin le passage suivant extrait de la correspondance de l'illustre compositeur :

« On a publié des quatuors d'un certain Pleyel qui est un élève de Joseph Haydn. Si vous ne les avez pas encore, tachez de vous les procurer, cela en vaut la peine. Ils sont très bien écrits et très agréables ; vous reconnaitrez aussitôt son maitre. Quel bonheur pour la musique si Pleyel pouvait nous remplacer Haydn ! »

C'est le passage de cette lettre qui m'avait fait supposer que Mozart avait dû entrer en relation avec Pleyel, compositeur et éditeur de musique, nous le savons.

7° Quel fut ce Mansuy dont je trouve une lettre fort bizarre et non datée adressée à Mme Petitot à Nantes, pour lui recommander le jeune Camille Pleyel? On verra en son lieu et place une petite notice sur cet original qui signe : Mansuy, Empereur des pianistes, Roi des organistes, Protecteur des *guittaristes* (avec deux *t*) et Médiateur des harpistes. J'ai trouvé sa lettre curieuse, et je l'ai imprimée.

8° Steibelt n'écrivait guère à Pleyel que pour lui demander de l'argent. Après la première lettre que nous avons donnée dans notre première édition de ce célèbre compositeur pour demander deux louis à son très obligeant éditeur, il en écrit une autre le lendemain pour lui demander la même somme, promettant de ne plus rien demander à l'avenir. On verra cette épître amusante.

9° J'ai trouvé une lettre de l'intendant général de la maison de S. M. l'Impératrice Joséphine, à la date du 19 février 1813, adresée à Pleyel. Elle a pour objet de renouveler au célèbre facteur l'invitation qui lui avait été déjà faite, de se présenter pour toucher *six mille* francs, prix d'un *forté* fourni par Pleyel à la première femme de l'empereur. Cette invitation prouve deux choses : 1° que la manufacture de Pleyel était déjà en grand renom en 1813, puisqu'elle fournit à l'impératrice un piano de six mille francs — un joli chiffre ; — 2° que Pleyel n'était pas pressé d'argent, puisqu'il se faisait tirer l'oreille pour envoyer chercher celui qu'on lui devait.

10° Autre document flatteur pour notre industrie artistique de la fabrication des pianos français.

Par ce document, daté du 14 juin 1814, Pleyel est nommé facteur de Sa Majesté le Roi de Westphalie.

Signé : Baron de Morinville, maitre de la garde-robe.

Pardon ! Ne riez pas, je vous prie, et veuillez vous souvenir de cette scène plaisante de la *Comtesse d'Escarbagnas*, comédie en un acte de Molière.

LA COMTESSE.

.... Tenez, encore ce manchon. Ne laissez point trainer tout cela et portez-le dans ma garde-robe. Hé bien ! où va-t-elle ? où va-t-elle ? que veut-elle faire, cet oison bridé ?

ANDRÉE.

Je veux, madame, comme vous me l'avez dit, porter cela aux garde-robes.

LA COMTESSE.

Ah ! mon Dieu ! l'impertinente ! (*A Julie*) Je vous demande pardon, madame. (*A Andrée*) Je vous ai dit ma garde-robe, grosse bête, c'est-à-dire où sont mes habits.

ANDRÉE.

Est-ce, madame, qu'à la Cour une armoire s'appelle une garde-robe ?

LA COMTESSE.

Oui, butorde, on appelle ainsi le lieu où l'on met les habits.

ANDRÉE.

Je m'en ressouviendrai, madame, aussi bien que de votre grenier qu'il faut appeler garde-meuble.

Je viens de faire connaître de quelle manière et dans quelle proportion va se trouver augmentée cette présente édition.

Je n'ai indiqué, dans cet avant-propos, que les matières principales. J'aurais pu ajouter le modèle des billets d'entrée au dernier concert que donna Chopin, et qu'on trouvera plus loin. Cette audition d'adieu, ce souverain maître de l'art de jouer du piano, ce poète exquis, un peu féminin, un peu maladif le plus souvent, mais plein d'inventions marquées au sceau du génie, il la donna salle Pleyel, huit jours avant la Révolution de février, le 16 février 1848, à huit heures et demie du soir, avec le concours d'Alard, de Franchomme, du ténor Roger et de Mlle Antonia de Mendi, cantatrice.

J'assistais à cette mémorable soirée, et j'en rendis compte dans le *Siècle*, où j'étais entré depuis trois ans déjà et où je n'ai jamais cessé d'écrire jusqu'à présent.

Et maintenant, comme l'homme n'est jamais content,

puisqu'il ne cesse de désirer, si vous me demandiez ce que je souhaite à l'heure présente, je vous répondrais par une petite anecdote inédite, dont le très spirituel Edmond About est le héros.

L'auteur de *Madelon* n'était pas encore décoré et, comme bien d'autres, il aspirait au bout de ruban rouge, sans lequel l'habit d'un musicien, d'un peintre, d'un homme de lettres et d'un médecin, n'a pas l'air terminé.

Edmond About connaissait un ministre, ce qui est toujours une bonne connaissance, quand on vit sous un régime gouvernemental où l'on ne change pas trop souvent de ministère. Chaque fois que l'homme de lettres rencontrait le ministre, il prenait une physionomie de circonstance et lui disait d'une voix mi-suppliante et mi-railleuse :

« Je voudrais bien être décoré ! »

Un jour, le ministre vit About dans un salon où il savait le rencontrer.

Le ministre venait d'obtenir pour l'écrivain sa nomination — qui, certes, lui était bien due — de chevalier dans l'ordre de la Légion d'honneur.

Tout guilleret d'avoir à annoncer la bonne nouvelle à son protégé, qui en était presque encore à ses débuts littéraires, il s'avance vers lui, ayant la croix dans une main. Puis, lui posant l'autre main sur les yeux :

« Que voudriez-vous être, monsieur Edmond About? »

L'auteur fort perspicace du *Roi des montagnes*, devinant

aussitôt qu'il avait été fait chevalier, répondit instantanément :

« Je voudrais être promu au grade d'officier ! »

N'est-ce pas qu'elle est jolie cette histoire ?

Moi, qui signe la préface de la deuxième édition de ce petit livre, je dis :

« Quand donc ferai-je la troisième édition du *Nid d'autographes ?* »

Que mes aimables confrères en journalisme me prêtent encore le concours de leur publicité, et vous verrez que ce sera l'année prochaine.

OSCAR COMETTANT.

UN NID D'AUTOGRAPHES

A M. Antonio Rius y Julia,

Directeur de la Enciclopedia Musical

A Barcelone.

Très honoré Confrère,

Vous me demandez un article pour votre belle publication illustrée et naturellement vous voulez que cet article soit original, d'un intérêt saisissant, en un mot de nature à faire sensation dans le monde musical, non seulement dans le beau pays des Espagnes, mais partout ailleurs où pourra pénétrer votre utile et charmante publication.

Eh bien, vous allez être satisfait de tous points.

Quelle vanité ! allez-vous dire *in petto*. Lisez et vous verrez que ma modestie est à couvert.

Sans vous faire languir plus longtemps, sachez que je viens de mettre la main, par le plus heureux des hasards, sur un *nid d'autographes* signés des noms glorieux de Haydn, Beethoven, Cherubini, Ferdinand Ries, Clementi, Steibelt, Boïeldieu, Garat, le grand chanteur, Ignace et Camille Pleyel, Rouget de Lisle, Béranger, Méhul, Berlioz, George Sand, Chopin, etc.

Où et comment ai-je fait cette découverte ? c'est ce que je vais vous conter brièvement avant de placer sous vos yeux les précieux autographes.

Par simple curiosité autant que par devoir professionnel, m'étant fait depuis une quarantaine d'années déjà (le temps, hélas, passe vite !) critique musical, je suis allé, la semaine dernière, voir et essayer au siège principal de la maison Pleyel, Wolff et Cie, rue Rochechouart, à Paris, les grands pianos de concert, nouveau modèle, que les célèbres facteurs français mettent cette année à la disposition des virtuoses. Ces instruments étant en ce moment l'objet des conversations courantes dans le monde des pianistes, je ne pouvais me dispenser de faire, comme on dit, leur connaissance.

Ces pianos, je les ai vus, je les ai essayés moi-même, et M. Auguste Wolff, après moi, a bien voulu me les faire entendre. Car il faut que vous le sachiez, — si tant est que vous l'ignoriez, — le chef principal de cette manufacture, — une des gloires artistiques et industrielles de la France, — est un musicien accompli, un ancien premier prix du Conservatoire qui, malgré les travaux absorbants qu'exige la direction d'une pareille maison, a conservé la virtuosité de son jeu. Il pourrait donner concert partout avec succès, s'il n'offrait à tous les concertistes, avec la plus exquise amabilité, l'hospitalité chez lui, dans les salons de cette maison de la rue Rochechouart qui, depuis sa fondation en 1807, est un véritable temple d'harmonie où ont *officié* les plus illustres grands prêtres du piano depuis Cramer et Moscheles, jusqu'à Chopin, Kalkbrenner, Mme Camille Pleyel et Rubinstein.

Ces magnifiques instruments m'ont enthousiasmé par la beauté, la grande puissance et la fluidité du son, l'homogénéité des sept octaves, les qualités tout à fait supérieures du timbre, et la facilité du toucher qui, suffisamment résistant sous les doigts pour n'être pas *mou*, se plie à toutes les nuances du sentiment musical.

J'étais en trop beau chemin pour m'arrêter en route, et, guidé par M. Wolff, j'ai vu et entendu ses quatre modèles de pianos à queue, et ses huit modèles de pianos droits qui sont la dernière expression, le *nec plus ultra* de la facture, tant par les qualités artistiques que par la solidité à toute épreuve, jointe à une légèreté bien précieuse, surtout quand l'instrument est destiné à voyager.

Pour preuve de la durée des pianos Pleyel (cette preuve n'était plus à faire pour moi), mon aimable cicerone me fit voir et jouer le piano Pleyel que Chopin avait chez lui, dans son cabinet de travail, et sur lequel il a composé bon nombre de ses derniers ouvrages. (On sait que Chopin ne voulut jamais jouer d'autres pianos que des pianos Pleyel.)

Eh bien, ce compagnon, cet ami, ce confident de l'âme du poète-pianiste, que la maison Pleyel conserve comme un objet vénérable, est intact de tous points, d'une sonorité fraîche, harmonieuse, distinguée, aristocratique.

J'aurais long à vous dire des pianos de la maison Pleyel, surtout si j'avais à les comparer avec les pianos d'une certaine nation voisine qui les expédie au rabais dans tous les pays du monde, mais qui, si bon marché qu'on les paye, sont vendus plus cher qu'ils ne valent généralement. Ce sujet, d'ailleurs très intéressant, ne serait ici qu'un hors-d'œuvre. En effet, l'objet de cette lettre c'est le *nid d'autographes*, et j'y arrive.

— Connaissez-vous notre bibliothèque musicale ? me demanda M. Auguste Wolff.

— Non, répondis-je.

— Eh bien, je vais vous la faire voir.

Et il me conduisit dans une chambre près du foyer des artistes, où une bibliothèque splendide d'ouvrages anciens et modernes, de compositeurs de tous les pays, est mise à la disposition des artistes qui donnent concert chez Pleyel. Un virtuose a-t-il oublié sa musique, inutile d'envoyer chez lui pour la chercher. Il est à peu près certain de la trouver dans la bibliothèque de la maison.

— Et là, dans ce cabinet, dis-je à M. Wolff, est-ce aussi de la musique ?

— Là, non. Ce cabinet, pour moi qui ai le culte du

souvenir des glorieux fondateurs de notre maison, ce cabinet est un tabernacle sanctifié. C'est là que se trouvent des lettres autographes de musiciens illustres du siècle passé et du commencement de ce siècle, adressées à Ignace Pleyel et à son fils Camille, lesquels furent à la fois facteurs de pianos, éditeurs de musique, pianistes de premier ordre et compositeurs des plus distingués.

— Et me sera-t-il permis de jeter un coup d'œil sur ces précieux autographes ?

— Je vous autorise, me répondit de la meilleure grâce du monde M. Auguste Wolff, non seulement à les lire, mais à les copier pour en faire tel usage qu'il vous plaira.

Je me précipitai dans le tabernacle comme un enfant gourmand se précipiterait chez un pâtissier où il serait maître de tout dévorer à sa guise. J'y restai seul. Après deux heures passées dans le recueillement et la lecture des autographes que je relus dix fois et dont j'examinai curieusement le papier et l'écriture pour chercher la pensée des auteurs au delà même de ce qu'ils avaient exprimé, je pris un crayon et je transcrivis les lettres suivantes.

C'est d'abord une lettre d'Haydn écrite à Ignace Pleyel et datée de Vienne, le 6 décembre 1802.

Pour bien comprendre et apprécier cette lettre de l'excellent « père de la symphonie », il ne faut pas oublier que Ignace Pleyel fut l'élève de prédilection de ce maître dont les succès pendant trente ans se soutinrent dans toute l'Europe avec un éclat presque sans pareil.

Le fondateur de la maison Pleyel fut le *vingt-quatrième* enfant d'un modeste maître d'école de village et d'une jeune dame de haute naissance (un mariage de pur amour) qui, épuisée par une maternité si extraordinairement féconde, mourut en donnant le jour à celui qui devait rendre immortel le nom de Pleyel.

Mais tout est extraordinaire dans cette famille, car Pleyel, le maître d'école, s'étant remarié, eut *quatorze* enfants de sa seconde femme et mourut au moment où il allait atteindre sa *centième* année.

Vers 1772, le comte Erdœdy, grand seigneur hongrois, ayant entendu le jeune Ignace Pleyel jouer du piano, le prit en affection et proposa à Haydn de le mettre en pension chez lui afin d'y achever son instruction musicale. Haydn accepta moyennant cent louis par an, ce qui était alors un prix relativement considérable.

Ignace avait alors une quinzaine d'années.

Pendant cinq ans il fut le pensionnaire et l'élève d'Haydn.

Livré à ses seules inspirations, il ne tarda pas à prendre rang parmi les compositeurs les plus appréciés à cette époque. Bientôt les succès qu'il obtint comme compositeur de musique instrumentale, — symphonies, quatuors, etc., — prirent les proportions de l'enthousiasme, et cet enthousiasme devint de l'engouement. « La renommée, dit justement Fétis, ne s'attache guère qu'au mérite réel, mais l'engouement dévore ceux qu'il semble caresser. Et qui excita jamais plus d'engouement que Pleyel? Quel autre a joui d'une réputation plus universelle, d'une domination plus absolue dans le domaine de la musique instrumentale ? Pendant plus de vingt années il n'est pas d'amateur ni de musicien qui ne se soit délecté des inspirations de son génie : point de lieu si écarté où ses compositions n'aient été connues, point de marchands de musique dont il n'ait fait la fortune, etc. »

Tel est l'homme à qui Haydn écrivit la lettre suivante. Si le cœur de l'ancien élève était toujours plein de reconnaissance pour son glorieux maître, celui-ci ne fut point piqué par le serpent de la jalousie (serpent trop familier des artistes) et c'est en ami affectueux, presque en père, qu'il lui écrit. Voici la traduction de cette lettre écrite en allemand et dont nous donnons, à la fin du volume, le *fac-similé* :

« Vienne, 6 décembre 1802.

« Cher Pleyel,

« Le porteur de cette lettre se nomme Haensel (1), il est mon élève. C'est un aimable jeune homme, doué du plus beau caractère, en même temps violoniste excellent. Il désire beaucoup faire ta connaissance, afin de s'adresser à toi en cas de besoin. Tu pourras juger de son talent en écoutant ses trois nouveaux quatuors. Il est au service de la princesse polonaise

1. Ce violoniste n'a laissé aucune composition, mais un travail sur la construction du violon publié en allemand.

Lubomirska (1). Je le recommande donc à ton dévouement.

« Je te fais en même temps mes remerciements les plus sincères pour l'admirable édition de quatuors que vient de m'envoyer Piehl. C'est supérieur, de tous points, comme gravure, papier et correction.

« Il est dommage seulement que dans l'édition en petit format, que j'ai achetée de Piehl pour cinquante-deux francs, deux feuillets manquent dans le quatuor des sept paroles. Je prie donc Piehl de t'écrire afin de remplacer les feuilles qui manquent. J'ai reçu depuis peu une nouvelle preuve de ton activité par Himmel (de Berlin) en un envoi de trois quatuors et une symphonie en *mi* bémol, format de poche. On ne peut rien voir de plus beau, de plus magnifique. Que le ciel récompense ta peine ! tu ajoutes par tes travaux à notre talent musical à tous deux. Je voudrais seulement retrancher dix années de mon grand âge pour pouvoir t'envoyer quelques produits nouveaux de

1. Le prince Lubomirsky, petit-fils de cette princesse, est le romancier qui s'est fait en France une réputation d'homme de lettres et a épousé, il y a quelques années, la très millionnaire propriétaire de la fabrique de l'eau de mélisse des Carmes.

mon travail. Cela pourra peut-être bien arriver. En attendant, bonne santé et aime ton vieux

« Haydn,

« qui a toujours été ton ami et le sera toujours. Amen. »

« P. S. — Mes compliments à ta chère femme. »

Sur Haydn, nous voyons un passage des plus intéressants dans une lettre de Camille Pleyel à sa mère, datée de Vienne, du 27 prairial an XIII de la République.

« Le lendemain de notre arrivée, c'était encore fête et toutes les boutiques étaient fermées ; nous avons pris quelqu'un pour nous mener à la police pour mettre nos passeports en règle, et de là nous avons été dans plusieurs maisons pour savoir l'adresse d'Haydn. Enfin nous l'avons eue chez le portier du prince Esterhazy et nous y sommes allés. Nous sonnons à sa porte, une vieille vient nous ouvrir. Nous demandons à parler à M. Haydn, et nous disons à une petite fille que c'était M. Pleyel, de Paris. On nous fait monter et son domestique nous conduit dans sa chambre, où il était à prendre une espèce de bouillon. Nous l'avons trouvé très faible : la figure à la vérité n'a presque pas changé, mais il peut à peine marcher et quand il parle un peu longtemps il est tout hors d'haleine. Il nous avait dit qu'il n'avait que soixante et quatorze ans et il a vraiment l'air d'en avoir quatre-vingts passés, tant il est faible. Nous l'avons trouvé tenant un chapelet dans ses mains et je crois qu'il passe presque toute la journée à prier : il parle toujours qu'il va bientôt finir et dit qu'il est trop vieux et qu'il est inutile dans ce monde. Nous n'y sommes pas restés bien longtemps, parce que nous avons vu qu'il avait envie de prier. Je l'ai embrassé et lui ai baisé la main, ce qui lui a fait grand plaisir. Il a une fort jolie maison et est très bien meublé ; mais il paraît qu'il ne voit personne. »

Il ne paraîtra pas sans intérêt de faire connaître les impressions et les observations du jeune Camille sur la vie à Vienne. Voici ce que nous lisons à ce sujet dans cette même lettre du 27 prairial :

« Il fait plus cher à vivre ici qu'à Paris. Une petite

tasse de café au lait avec un petit pain coûte dix-huit kreutzers et ainsi de suite. Il y a ici de fort belles maisons, mais pas une seule place comme à Paris. Les femmes de bourgeois portent sur la tête de grands bonnets d'or à peu près de cette forme-là » (ici l'écrivain fait un dessin à la plume représentant un petit chapeau, plat de bords et de fond, ayant la forme conique) « et ont toutes des pieds énormément larges et terriblement longs. Elles portent des souliers extrêmement pointus et aiment beaucoup les habits de taffetas ou de mousseline rouges ou bien roses et des souliers de même avec des broderies en or dessus. Elles sont presque toutes parfaitement laides ; mais les cheveux sont fort beaux. La ville est très peuplée, mais beaucoup plus petite que Paris ; il y a, à proportion, trois fois plus d'équipages qu'à Paris. Il y en a beaucoup à quatre chevaux, et même quelques-uns à six. »

La lettre que voici, de Joseph Haydn aussi, est antérieure à celle qu'on vient de lire. Elle est datée de Vienne, 4 mai 1801.

« Monsieur Pleyel, compositeur très célèbre, à Paris.

« Très cher Pleyel,

« Je voudrais bien savoir quand paraîtra ta belle édition de mes quatuors, et si tu as, oui ou non, reçu par Artaria l'exemplaire de ma *Création*, ainsi que mon portrait; si l'on peut vraiment avoir chez vous la *Création*, aussi bien la partition que l'édition pour piano. Dis-moi en même temps si on l'a bien accueillie, et s'il est digne de foi que les membres de l'orchestre réunis ont exprimé le désir de m'offrir une médaille d'or. Sur tout cela je te prie de me renseigner le plus vite possible, parce qu'ici, à Vienne, on le tient pour une fanfaronnade.

« La semaine passée on a joué trois fois mon nouvel ouvrage les *Quatre Saisons* devant notre haute noblesse, avec un succès sans partage; dans quelques jours on le donnera, soit au théâtre, soit dans la nouvelle salle de la Redoute, à mon profit. Pour changer un peu, nous aimons mieux exécuter les *Saisons* que la *Création*. Cela a déjà été traduit en français et en anglais d'après Tompson (*sic*) par notre grand baron de Swieten. Tout réclame une prochaine publication ; mais cela viendra un peu plus tard, parce que je veux faire imprimer *a parte* les paroles anglaises et françaises, afin qu'on puisse l'exécuter plus aisément.

« Je te renouvelle mes sentiments et je me rappelle au souvenir de ta femme.

« Ton bien sincère ami,

« JOSEPH HAYDN.

« *P.-S.* — Il y a déjà un an que j'ai perdu ma pauvre femme. »

Après cette lettre toute remplie de soi-même, de ses succès, de l'accueil enthousiaste fait à l'oratorio les *Saisons*, il y a quelque chose de vraiment bien naïf et de comique à rappeler en un *post-scriptum* d'une ligne la mort de sa femme. On rit malgré soi, et certes le bon Haydn n'a point cru prêter à rire en parlant, comme si tout à coup la pensée lui en était revenue, de la mort de la pauvre madame Haydn.

Haydn était d'une nature excellente, nous le savons.

Il avait été élevé à l'école du malheur, une bonne école pour fortifier le génie, quand on a du génie, et rendre le cœur sensible, quand on a du cœur.

Le petit Joseph, qui connut tous les genres de misères et plus d'une fois sentit la faim, avait ce double don du ciel, — un bon cœur et du génie.

Ses rudes commencements dans la carrière, alors qu'il était encore enfant, servirent à sa gloire.

Ce n'est pas lui qui, comme le fameux docteur Véron, vulgarisateur de la pâte Regnault et directeur du grand Opéra, aurait pu échanger le dialogue suivant :

— Vous, monsieur Véron, vous vous plaignez, vous vous ennuyez; mais vous avez une grande fortune, avec tout ce qui rend heureux. Est-ce que quelque chose vous manque?

— Oui, répondit le « bourgeois de Paris », qui était philosophe à ses heures : je manque de privations.

On sait quelle place considérable tint dans la vie d'Haydn son noble protecteur, le prince Esterhazy. Quand je lis dans Fétis de quelle façon choquante les grands seigneurs les mieux intentionnés traitaient des hommes tels que Haydn et Mozart, je ne puis m'empêcher de constater les bienfaits de la reconnaissance de la propriété intellectuelle, qui de nos jours a affranchi l'homme de lettres et tous les travailleurs de l'esprit de l'humiliante protection des Mécènes. Dieu merci, l'homme de lettres, le musicien, ne sont plus l'homme de lettres, le musicien logé, nourri, éclairé, vêtu, blanchi, des derniers siècles, chez leurs puissants protecteurs qui ne furent jamais que des maîtres.

Haydn n'avait pas vingt ans lorsqu'il entra au service du comte Mortzin en qualité de second maître de chapelle. Le comte avait un bon orchestre composé de musiciens à sa solde. C'était là une coutume louable, disons-le incidemment, des grands seigneurs du siècle passé que n'ont pas su prendre nos financiers, ces grands seigneurs de notre siècle.

Donc ce fut pour l'orchestre du comte Mortzin que Haydn écrivit sa première symphonie vers la fin de 1758. Le vieux comte Antoine Esterhazy, ayant entendu cette symphonie, pria le comte Mortzin de lui *céder* Haydn. Celui-ci n'ayant rien à refuser à celui-là, lui céda son musicien comme on céderait un cheval à un ami, sans consulter la bête. Bientôt pourtant le comte Antoine Esterhazy oublia sa demande, et Haydn resta chez son premier maître.

Il en sortit pour entrer définitivement chez le prince Esterhazy le jour anniversaire de la naissance de celui-ci et dans les curieuses circonstances que voici :

Esterhazy, entouré de sa cour, — car les grands seigneurs hongrois de cette époque avaient une véritable cour, — assistait au concert donné en son honneur. On exécute une symphonie ; mais à peine est-on au milieu du premier *allegro*, que le prince interrompt le morceau et demande quel est l'auteur d'une si belle chose.

— Haydn, répond Friedberg, directeur de l'orchestre

— Qu'on le fasse venir, dit le prince.

Haydn se présenta en tremblant.

On sait que cet illustre musicien ne payait pas de mine. Il était petit, maigrelet et avait le teint brun des hommes du Midi. Le prince l'examine un instant et fait entendre ces paroles, qu'il crut sans doute être fort aimables pour l'auteur de la symphonie objet de son admiration :

— Quoi ! la musique est de ce Maure? Eh bien ! Maure, dès ce moment tu es à mon service. Pourquoi ne t'ai-je pas encore vu ?... Parle donc !

Haydn, troublé par les grandeurs qui l'entouraient

et le ton superbe du prince hongrois, voulut parler, les paroles restèrent dans sa gorge, contractée par l'émotion. Esterhazy était bon prince, après tout ; il n'insista pas et ajouta :

— Va, et habille-toi en maître de chapelle ; je ne veux plus te voir ainsi : tu es trop petit, ta figure est mesquine ; prends un habit neuf, une perruque à boucles, le rabat et les talons rouges ; mais je veux qu'ils soient hauts, afin que ta stature réponde à ton mérite. Tu entends, va, et tout te sera donné.

Imaginez M. Grévy, par exemple, ou, si vous aimez mieux, le prince Jérôme ou le comte de Paris tenant à Gounod ou à Ambroise Thomas ce langage cavalièrement protecteur et faisant endosser, sans leur demander conseil, la livrée de la maison à ces compositeurs nourris et logés. Qui oserait dire que Mozart et Haydn ne se trouveraient pas mieux aujourd'hui de nos lois libérales, qu'ils ne se sont trouvés des libéralités de leurs Mécènes ?...

Continuons.

C'est au *citoyen* Pleyel que s'adresse, sous la première République, le grand maître Cherubini, à propos d'un arrangement pour piano de son ouverture d'*Épicure*.

Il est assez étrange de voir l'austère auteur de tant de belle musique religieuse, du grand *Requiem* (où, entre parenthèses, on trouve un trait de violon persistant semblable à celui qui, dans l'ouverture de *Tannhauser*, accompagne le chœur des Pèlerins), demander à Pleyel de lui faire cadeau de *une* ou de *deux* romances. Était-ce pour le plaisir de les chanter lui-même?... Il est toujours bien curieux de lire les lettres intimes des hommes célèbres.

« Au Citoyen Pleyel.

« à Paris.

« Voici, mon cher Pleyel, l'ouverture d'*Épicure* arrangée. J'ai fait de mon mieux, surtout au commencement. J'ai tâché qu'elle soit facile d'exécution, afin qu'elle puisse être jouée par tous les pianistes de quelque force qu'ils soient.

« Si le duo était gravé, je désirerais en avoir quelques exemplaires. Je te prie de me faire cadeau d'une ou deux romances.

« Fais-moi, je te prie, donner des nouvelles de ta santé. La mienne est encore faible. Cela a été cause que je ne t'ai envoyé l'ouverture plus tôt, attendu que ces jours passés je n'ai pas pu travailler, ayant été souffrant. Adieu. Mes civilités et respects à Mme Pleyel.

« Tout à toi, avec l'estime et la considération qui te sont dues.

« CHERUBINI. »

Par cette courte lettre de Méhul on verra qu'une amitié délicate et attentionnée liait le célèbre compositeur de *Joseph* au non moins célèbre chanteur Martin.

« Mon cher Pleyel,

« C'est aujourd'hui la fête de Martin, et je veux lui faire le cadeau de l'*Irato* et de la *Folie*. Fais-moi le plaisir de remettre ces deux ouvrages à mon commissionnaire, et d'en choisir deux beaux exemplaires.

« MÉHUL. »

Écoutez ces bons conseils donnés par un excellent père à son digne fils :

« Ignace Pleyel à son fils Camille, à Bordeaux.

« A propos, j'espère que tu ne commettras plus la sottise, quand tu feras porter ton propre piano dans une maison, de te refuser à jouer. Je te répète qu'un artiste de ton talent doit toujours avoir cinq ou six morceaux dans les doigts pour pouvoir jouer, même quand il n'est pas disposé... Prépare des matériaux, soit pour un quatuor ou quintette. Tu pourras me les envoyer pour les revoir, parce que tu n'as pas encore l'habitude d'écrire pour l'orchestre, ni en quatuor ni en quintette. Profite du feu de la jeunesse : les idées de jeunesse, si elles sont bien conduites, sont les plus précieuses. »

Passant à un autre ordre d'idées, le chef de la maison Pleyel entretient son fils de la fabrication des pianos.

« Nous avons fabriqué 31 pianos depuis le 1er janvier, presque tous grands. Tu vois que je ne m'endors pas et que j'arriverai facilement à 50 pianos cette année-ci, et peut-être au delà. »

Ainsi, en 1813 la maison Pleyel fabriquait cinquante

pianos. La moyenne de la fabrication annuelle des pianos de cette même maison est depuis longtemps déjà d'environ 2.800.

Elle pourrait être augmentée dans les ateliers de Saint-Denis où se trouvent réunis constamment pour un million de francs de bois avec le plus bel outillage que puissent fournir toutes les inventions nouvelles. Mais il faudrait sacrifier plus ou moins le côté artistique des instruments en élevant le chiffre de la production, et c'est à quoi ne voudraient pas consentir les directeurs de cette maison essentiellement artistique (1).

Tous ceux qui ont connu Camille Pleyel, et nous sommes de ce nombre, ont admiré son talent de pianiste, la facilité avec laquelle il improvisait, ses manières distinguées, ses connaissances variées, et

1. Nous avons vu dans un petit salon réservé de la maison Pleyel un piano carré à cinq octaves et demie, portant le numéro 58 et le millésime 1809. C'est, comme on voit, l'un des premiers pianos fabriqués par Ignace Pleyel alors dans tout le rayonnement de sa gloire de compositeur. Ce petit instrument, qu'on pourrait presque porter sous le bras, est un type de la fabrication du temps. Il a été religieusement conservé par un des anciens associés de la maison Pleyel. La sonorité frêle, mais pure et incisive, n'en est pas désagréable, tant s'en faut.

son goût délicat pour toutes les choses de l'art, toutes les œuvres de l'esprit. Son talent de musicien et de virtuose, ses connaissances diverses, il les dut non seulement à ses facultés naturelles, mais à un travail opiniâtre que nous révèle le règlement qu'on va lire, écrit de sa main. En certains endroits des taches jaune foncé, qui sont la rouille du papier, ont rendu quelques mots difficiles à lire. Néanmoins nous avons pu tout déchiffrer.

RÈGLEMENT

DEPUIS CE JOUR, 10 FÉVRIER 1810, JUSQU'AU 1er AVRIL PROCHAIN

Lever à 7 heures. Coucher à minuit.

Gamme simple des deux mains, depuis 7 heures jusqu'à 8 heures.

Il faut faire douze fois chaque gamme en mode majeur et mineur, en commençant par la tonique la plus grave jusqu'à la dominante la plus élevée du clavier.

CHANT (1)

Filer des sons et faire des gammes depuis 8 heures et demie jusqu'à 9 heures.

A 9 heures, déjeuner et toilette.

A 10 heures, correspondance générale et particulière jusqu'à 1 heure.

A 1 heure, étude du piano jusqu'à 5 heures.

Cette étude comprend : gammes en tierces des deux mains et dans presque tous les tons (2) majeurs et mineurs; gammes en octaves des deux mains et dans différents tons ; gammes en sixtes ; demi-tons en gammes des deux mains (3) ; cadences ou trilles des deux mains ; trilles en tierces et en sixtes ; mordentes ou groupetto de la main droite seulement; gammes de tierces en demi-tons des deux mains ; exercices divers, etc.

1. On voit, par ce chapitre du règlement, que M. Camille Pleyel avait de la voix et qu'il a travaillé le chant. C'est un point de la vie du célèbre facteur-artiste généralement ignoré et que nous ignorions nous-même.

2. Dans *presque* tous les tons, est à noter.

3. Par ces termes, Camille Pleyel entendait dire les gammes chromatiques.

A 5 heures, dîner.

A 6 heures, lecture jusqu'à 7 heures et demie (histoire grecque, Boileau (1).

A 7 heures et demie, danse, exercice de mes pas (2).

A 8 heures, étude du piano jusqu'à minuit. Cette étude comprend : les fugues à retenir par cœur; quelques exercices de Cramer à retenir par cœur ; quelques sonates et autres morceaux ; enfin les préludes.

Un pareil labeur est héroïque. De sept heures à minuit tous les jours, avec une heure seulement pour le déjeuner et une heure pour le dîner, sans

1. Boileau était, en effet, très lu encore dans les premières années de ce siècle. La poésie lyrique de Victor Hugo et de Lamartine a beaucoup démodé l'auteur du *Lutrin* et de l'*Art poétique*. Il n'en reste pas moins, par certains côtés de son esprit droit et libéral, l'un des écrivains marquants de la belle pléiade des littérateurs du grand siècle, « du siècle des idées », comme on a appelé le siècle de Louis XIV.

2. En ce temps-là encore, on dansait dans les salons, et la danse était un art. On saute aujourd'hui et l'on tourne maladroitement ; ce qui est fatigant pour les sauteurs et les tourneurs et n'a rien d'agréable pour les témoins de leurs pénibles et disgracieuses évolutions.

aucun délassement autre que les délassements utiles de la lecture et de la danse, c'est presque au-dessus des forces humaines. Comment s'étonner de l'admirable talent de Camille Pleyel sur le piano, de son jeu *lié* si correct, si fini, si méthodique à la fois et si expressif, quand on voit à quelle gymnastique rationnelle et persévérante se livra ce digne fils du compositeur Ignace Pleyel?

Jeunes pianistes qui me lisez, — et même pianistes moins jeunes, — n'oubliez pas le *règlement* de Pleyel, non point pour le suivre à la lettre, ce serait trop demander, mais pour vous en inspirer et vous servir de guide. Vous vous en trouverez bien, car le talent est toujours une conquête faite sur le champ de bataille du travail.

L'auteur des fameuses *Études*, le célèbre Cramer, avait promis de se faire entendre chez Ignace Pleyel. L'auteur de la *Dame blanche*, Boïeldieu, qui était un chanteur distingué et un habile pianiste, avait été convié par Camille Pleyel à cette réunion tout artistique. Boïeldieu s'excuse de ne pouvoir y assister. Mais c'est à Ignace qu'il répond.

« A Monsieur Pleyel,

« chez lui.

« Je vous prie, mon cher monsieur Pleyel, de vouloir bien m'excuser si je ne puis profiter aujourd'hui de l'aimable invitation qu'a bien voulu me faire monsieur votre fils, mais une affaire importante me force de me priver du plaisir que j'aurais eu à entendre chez vous le célèbre M. Cramer. Je vous serais infiniment obligé si vous me permettiez de m'en dédommager la première fois que vous ferez de la musique.

« Veuillez recevoir l'assurance de mon sincère attachement et de la haute considération de votre tout dévoué serviteur,

« Boieldieu.

« Ce mercredi matin. »

La lettre qu'on va lire, de Ferdinand Ries, est intéressante, surtout parce qu'elle fixe le prix de ses compositions. Ce musicien de grand mérite, qui a laissé un beau nom, écrit de Londres, alors qu'il était dans la grande vogue de son talent. Nous avons conservé l'orthographe avec le style.

« Londres, 28 décembre 1819.

« MM. Pleyel et fils aîné (1),

« Comme je désire faire graver bientôt : 1er. un Notturno pour le piano forte et Flûto accomp. ; 2e grand Sextuor pour le piano forte principal avec accomp. de 2 violons, alto, violoncelle, et contrebasse, arrangé pour qu'on puisse le jouer aussi sans accomp. ; 3e une introduction et Rondo pour le P. F. sur un air favori de Rossini, je vous les offre, si vous voulez en avoir les droits de propriété pour la France, en les faisant paraître *le même jour qu'ici*. L'honoraire serra 30 Napoléons, ou pour 1500 francs de musique (prix marqué) de votre catalogue pour les trois. Vous m'obligerez, messieurs, infiniment, en me répondant le plus tôt possible, comme les compositions sont

1. M. Camille Pleyel était devenu l'associé de son père pour la manufacture de pianos et les éditions de musique.

tout près ; et si la sonate en *sol* avec Flûte obl. est vendue à Paris comme ici, je n'ai pas de doute, la réponse sera comme je désire.

« J'ai l'honneur d'être, Messieurs, votre Obt. serviteur,

« FERDINAND RIES. »

Le billet de Steibelt qui suit, est un trait de mœurs de cet artiste qui pendant plus de vingt ans jouit dans toute l'Europe d'une vogue immense, autant comme pianiste que comme compositeur. Il eut même l'audace d'entrer en lutte ouverte avec Beethoven ; mais le colosse le vainquit sous son formidable génie. Plein d'inventions mélodiques, Steibelt eut dix fois la fortune en main, et dix fois il la laissa fuir. Il commit plus que des actes d'indélicatesse, il commit de véritables vols qui l'obligèrent à quitter Paris où il tenait la première place comme pianiste et comme professeur. A tout le monde il empruntait de l'argent et c'est pour demander encore « deux louis » à Pleyel, qu'il lui écrivit la lettre suivante, en lui promettant une sonate. Ici encore nous respectons le style et l'orthographe.

«Mon ami je travaille après ta sonate et demain au plus tard elle sera fini. Je te prie envoi moi encore 2 louis, tu m'obligeras infiniment. C'est ainsi en m'obligeant, tu peux être sûr que personne autre que toi aura ma musique en considérant cependant M. Erard.

« Envoi moi les deux louis dans un Papié cacheté par le porteur de cette lettre.

« Tout à toi.

« STEIBELT. »

Le lendemain même du jour où il avait écrit cette lettre, Steibelt écrivait encore à Pleyel pour lui demander deux autres louis. Pourquoi faire? Pour acheter du vin, une occasion unique! Lisez plutôt. Je ne change rien à l'orthographe ni à la construction des phrases.

« A monsieur Pleyel.

« Mon ami, je te demande pardon de t'incommoder si souvent, mais cet la dernière foix et je te demanderai plus jusque je me suis acquitter. — Il me manque encore 2 louis pour achete du vin. — Comme j'ai une bonne occasion d'en achete chez M. Herold qui est à Sevre chez M. Erard, je ne vouderai pas manquer; je compte touché de l'argent hier chez un de mes écolié mes elle ne m'a pas payé. — Je te demandere bien 3 louis, mais je crains d'être indiscret. — Mais comme je te portere la sonate surement samedi, cela fera que tu me devera que 36 livres. — Je pars pour Sèvre et reviens samedi. — Aiye l'autre sonate pret.

« Tout à toi,

« Steibelt.

« N. B. Envoie moi l'argent comme hier. »

Voici un document qui a son importance historique.

Monsieur,

« Sa Majesté le Roi de Westphalie m'ordonne de vous faire connaître qu'Elle a daigné vous conférer le titre de son facteur d'instruments et que vous pourrez dès à présent le prendre.

« Un brevet en forme vous sera incessamment envoyé ; jusque-là cette lettre vous en tiendra lieu.

« Recevez, monsieur, l'assurance de mon estime particulière.

« Le maître de la garde-robe,

« Signé : baron de MORINVILLE.

« Paris, le 14 juin an 1810. »

Autre document plus intéressant.

« L'intendant général de la maison de S. M. l'Impératrice Joséphine renouvelle à monsieur Pleyel l'invitation qui lui a déjà été faite de lui envoyer le plutôt (*sic*) possible la note montant à six mille francs pour prix d'un forte qu'il a vendu à Sa Majesté. Monsieur Pleyel voudra bien observer que ce mémoire devra être revêtu du certificat du Sr Idatte, concierge de la Malmaison, et du visa de M. le baron de Beaumont, chevalier d'honneur de S. M., et chargé des détails du service relatif à la musique.

« C. de MONTLIVAULT.

« Paris, 19 février 1813. »

J'ai voulu savoir ce qu'était devenu ce piano, et le voir si cela était possible. Naturellement je me suis adressé à M. Auguste Wolff, l'honorable directeur de la maison Pleyel, Wolff et Cie, dont je connais l'obligeance et la gracieuse amabilité. M. Wolff a fait des recherches et n'a trouvé aucune trace de cet instrument depuis sa sortie des ateliers de MM. Pleyel et fils, en 1813.

Mais un invincible désir de découvrir ce piano s'est emparé de mon esprit et j'ai compris la passion des détectives à la recherche d'un personnage disparu, d'un objet mystérieux, d'un secret à pénétrer. Je ne suis point chasseur de gibier, je ne voudrais tuer ni lièvre ni perdreau, quoique j'estime fort la chair de ces animaux et que je les mange de bon appétit et sans le moindre scrupule, quand ils me sont offerts cuits à point ; mais mon imagination s'enflamme à la pensée d'une chasse au bibelot. Je ferais vingt lieues à pied — en y mettant le temps — dans l'espoir de dénicher soit un livre curieux, soit une vieille médaille, un manuscrit, une potiche fêlée, etc.

Donc je me mis en campagne, à la découverte du piano Pleyel, sur lequel je ne savais rien autre chose sinon qu'il avait été vendu 6.000 francs à l'impératrice Joséphine et qu'il était entré au palais de la Malmaison en 1813.

Ne craignez pas que je m'attarde à vous conter mes impressions de voyage, à vous faire part dans le menu de mes alternatives d'espoir et de découragement pendant toute une semaine employée à cette chasse à courre d'un piano qui avait trop d'avance sur moi pour que j'aie pu le rattraper... du moins intact, comme vous allez voir.

Si ce piano, le dernier assurément qui ait orné les appartements de la première femme de l'Empereur à la Malmaison, s'est dérobé à mes recherches opiniâtres, mon temps et mes pas n'ont pas été tout à fait perdus pour cela, tant il est vrai qu'aucune peine, aucun travail n'est perdu absolument pour celui qui l'accomplit. C'est la moralité du labeur, la condamnation de la paresse.

J'ai su qu'un inventaire de tous les objets mobiliers de la Malmaison avait été dressé en 1814 et que dans cet inventaire figuraient quatre pianos. Les événements politiques se précipitaient terriblement alors, comme chacun sait.

L'Empereur abdique. Les alliés viennent en triomphateurs chez nous. Louis XVIII monte sur le trône de ses pères, comme on dit en style noble. Charles X lui succède. Un an seulement avant le renversement de ce monarque, en 1829, il est fait une vente publique à l'enchère de tous les objets mobiliers de la Malmaison, par l'entremise de maître Moquard, notaire à Paris.

Que rien n'ait manqué à cette vente de ce qui avait été inventorié en 1814, voilà ce que je ne voudrais pas assurer. Il y avait certainement parmi nos amis nos ennemis des amateurs de curiosités, des collectionneurs, des *sapeurs,* pour qui rien n'est sacré, suivant la chanson; en tout temps les fiers enfants de Bellone ont eu du goût pour les jolis meubles, pendules, *etc.*, que la gloire semait sous leurs pas triomphants dans les pays conquis. Question de remporter chez soi, la paix faite, un petit souvenir au pays. On est musicien, n'est-ce pas? on voit un piano de luxe qui vous donne dans l'œil, on l'essaye, il est excellent; cet instrument a appartenu à une impératrice, c'est un bibelot rare, précieux entre tous, un bibelot historique; s'en emparer n'est pas un vol, loin de là, c'est presque un hommage que l'on rend à la souveraine qui le fit résonner sous ses doigts impériaux, dans les moments agités de son âme, dans les moments attendris de son cœur, qui sont les moments de l'inspiration musicale. On fait donc emballer soigneusement le précieux instrument, et on l'emporte. Ni vu, ni connu.

Le piano Pleyel de 1813 a-t-il eu ce sort? Voilà à quoi je pensais tout en feuilletant dans le procès-verbal de la vente impériale de 1829, lorsque mes regards tombèrent sur le n° 438 de ce procès-verbal. Je lus ce qui suit :

« 438. Quatre pianos, dont deux de Hérard (1), à « quatre et cinq pédales; le troisième de Pleyel, avec « cinq pédales, orné de dorures, avec touches en « nacre et en ivoire; le quatrième piano portant le « nom de Treitcher, à Vienne, dans sa boîte de ra- « cine; plus une harpe bois satiné gris, doré; plus un « pupitre en bois d'acajou, avec quatre gobelets et « ornements en cuivre sculpté et doré, et un autre « piano en acajou, le tout pour *six mille francs.* »

C'étaient quatre pianos plus un, moins beau que les autres sans doute et dont on ne donnait pas le nom du facteur, qui furent vendus avec la harpe et le pupitre en un seul lot six mille francs aux enchères.

Le piano de 1813 était-il ce piano Pleyel muni de cinq pédales, orné de dorures, touches en nacre et

1. On remarquera la lettre *H* qui n'est point dans le nom du célèbre facteur.

en ivoire? Je n'en suis pas sûr, mais j'en suis presque certain, car ce piano était un instrument de luxe, et Ignace Pleyel avait vendu son piano six mille francs, ce qui était un beau denier pour l'époque.

Mais où poursuivre désormais la trace de cet instrument voyageur?

Je crus un moment l'avoir trouvée.

En 1867, il vint à la pensée de Napoléon III de faire à la Malmaison une exposition de tous les objets qu'on pourrait retrouver ayant appartenu à l'impératrice Joséphine. On fouilla dans le Mobilier national et dans les palais nationaux, et on fit appel aux particuliers qui se trouveraient en possession de quelqu'une de ces reliques napoléoniennes.

Un nommé Martin se présenta avec un piano qui avait meublé la Malmaison et qui devait être un des cinq vendus à la vente de 1829. Martin voulut vendre son piano. On le lui acheta 1,500 francs, et il fut exposé à la Malmaison.

Etait-ce le piano de 1813? Je courus au Mobilier national où on eut l'obligeance de me laisser consulter les feuilles d'entrées. Au n° 48,503, je relevai ce que voici :

« Un piano style empire en acajou avec appliques « en bronze doré. Pieds à griffes. Le corps du bas avec « tiroirs de chaque côté fermés par une porte à secret. « Le montant à tête égyptienne. Le corps du haut « figure deux portes garnies de soie rouge. Au milieu « un médaillon. Les montants sont à demi-colonne « avec chapiteaux en bronze doré. La frise à aube « dorée. »

Hélas ! je ne vis pas dans ce piano de Pleyel, vendu à la vente de 1829, ce piano à cinq pédales, à touches en ivoire et en nacre. Toutefois, n'étant pas sûr que le piano Pleyel de la vente de 1829 fût celui que je recherchais, c'est-à-dire le piano livré en 1813 à l'Impératrice Joséphine, il pouvait se faire que ce fût celui que Martin avait vendu en 1867, dont je venais de lire une description incomplète puisqu'il y manquait le nom du facteur. C'était une nouvelle piste qui s'ouvrait à mon ardeur chasseresse. Quand j'aurais pu me sentir découragé par tant de recherches infructueuses, la flamme de l'amateur de curiosités vint raviver ma confiance et raffermir mes jarrets distendus par les marches et contremarches, les escaliers à monter, par conséquent à descendre, que j'exécutais depuis quelques jours presque sans relâche.

Tout rempli de cet espoir que le piano Martin pouvait bien être le Pleyel de mes souhaits, je me remis en course.

O fortune! il y a un dieu pour les chercheurs, et les Ecritures l'ont dit : « Cherchez et vous trouverez, « frappez à la porte et l'on vous ouvrira. » Par un matin plein de brouillard, le 17 décembre 1885, et dans des circonstances que je vais faire connaître, je retrouvai le piano Martin. C'était beaucoup et ce n'était rien, si ce piano n'était pas le piano Pleyel de 1813, ce piano fantôme comme le vaisseau de la légende.

J'appris qu'après la guerre on avait recueilli à la Malmaison les objets dont se composait l'exposition Joséphine de 1867; j'entends ce qui restait de ces objets, car après les Prussiens, grands collectionneurs, et les francs-tireurs qui pour se chauffer firent feu de tout bois, le nombre en avait sensiblement diminué. Une partie de ces objets furent vendus aux enchères dans la cour du *Mobilier national*, 103, quai d'Orsay, en 1883.

Le piano Martin figurait à n'en pas douter dans cette vente, et il fut acheté cent vingt francs.

Par qui ?

Je le sus ; par M. Chastan, marchand en gros de plumes, de duvets, de laines et de crins, 11, rue du Puits-de-l'Ermite, en face la prison de Sainte-Pélagie.

Sauter dans un fiacre, promettre un bon pourboire au cocher s'il ne flâne pas trop en route en lui donnant l'adresse du marchand de duvets, fut pour moi l'affaire d'un instant, comme écrivaient les romanciers de 1830 à 1850. Depuis, leur style a changé.

J'étais impatient. Je rongeais le frein du cheval de mon fiacre.

Enfin j'arrive rue du Puits-de-l'Ermite. La course avait été longue, le cheval était fatigué. Ce fut le cocher, non point le cheval, qui profita des libéralités de mon pourboire. *Sic vos...* vous savez le reste.

— Monsieur Chastan, j'ai bien l'honneur de vous saluer.

— Moi pareillement. C'est de la laine que vous voulez?

— Non.

— Du duvet alors?

— Non plus.

— C'est donc du crin ou de la plume?

— Pas davantage. Je viens pour un piano. Est-ce que ce n'est pas vous qui, à une vente en 1883, au Mobilier national, avez acheté un piano?

— Un piano qui venait de la Malmaison, oui.

— Est-ce que ce piano est de Pleyel?

— Ah! je ne sais pas. Voulez-vous le voir?

— Bien volontiers.

— Attendez-moi une minute. Le temps d'allumer une bougie, parce qu'on n'y voit pas en bas.

— C'est donc dans la cave que vous avez mis votre piano?

— Oui. Nous appelons ça les magasins du bas. Vous savez: la laine, le duvet, la plume et le crin, c'est encombrant et on s'arrange comme on peut.

— C'est juste, monsieur Chastan ; mais j'aurais pensé que la place de votre piano était dans votre salon.

La bougie allumée, et M. Chastan marchant devant moi pour m'éclairer et me guider dans un escalier étroit et tortueux, je me trouvai dans une immense cave convertie en magasins, envahie par d'énormes ballots des quatre espèces de marchandises dont M. Chastan fait le commerce en gros.

— Et où est le piano ? demandai-je assez perplexe.

— Au fond. Suivez-moi.

Nous fîmes environ trois cents pas dans cet énorme magasin, à la faible lueur vacillante de la bougie. Tout cela avait une allure fantastique qui m'étonnait et me charmait. C'était de plus en plus le piano fantôme que cet insaisissable Pleyel.

Enfin M. Chastan s'arrêta. Il remua quelques planches, déplaça un ballot de duvet, poussa en arrière un ballot de crin et me dit :

— Nous y sommes. Voilà le piano.

Juste ciel ! ça, un piano ? Oui, comme un squelette est un homme, comme une épave jetée par la tempête au bord de la mer est le navire auquel elle a appartenu avant le naufrage, comme ce qui n'est plus est ce qui fut.

Je vis une large et haute caisse dans laquelle se dessinait un système de cordes métalliques en forme de harpe. Je vis un clavier de six octaves et cinq notes en ivoire avec un pouce de poussière dessus, et des tiroirs de chaque côté dans le corps du bas, des appliques en bronze doré et des pieds à griffes endommagés. M. Chastan me fit presque peur en mettant en mouvement une pédale qui donna de rudes coups de grosse caisse avec vibrations de cymbales. Tout le reste, c'est-à-dire les trois quarts du malheureux instrument, avait disparu dans les tourmentes meurtrières dont la Malmaison avait été le sanglant théâtre pendant le siège de Paris.

Je cherchai partout le numéro matricule de ce débris de piano et ne le trouvai pas. Rien en un mot qui pût m'indiquer la provenance de cette triste épave.

Ah ! si c'est là tout ce qui reste du piano de 1813 qui fut un des fleurons de la couronne manufacturale d'Ignace Pleyel, quel Cuvier instrumental pourrait le reconstituer ?

Mais il devenait évident que ce n'était pas là ce piano.

Toujours est-il qu'en tant que bibelot les restes très mortels, les ruines nobles de cet instrument, sont curieux et trouveront acheteur quand il plaira à M. Chastan de s'en défaire. Si j'avais reconnu dans ces miettes de bois, de dorures et d'ivoire le piano de mes pourchasses, je les eusse achetées volontiers, ne fût-ce que pour en faire cadeau à mon ami Chouquet, très friand de vieilleries harmoniques en sa qualité de conservateur du Musée instrumental du Conservatoire national de musique. Mais voilà : M. Chastan m'en eût peut être demandé 20,000 francs payés comptant et sans escompte, et j'avoue qu'à ce prix... Je le remerciai de sa complaisance en me congédiant de lui. Ma campagne était terminée.

Les pianos, comme les livres d'après Horace, ont leur destinée. A côté du malheureux piano de la Malmaison, quel sort glorieux n'a-t-on pas fait au clavecin de Marie-Antoinette que j'ai vu à Trianon !

Garat, le plus extraordinaire chanteur qui ait peut-être jamais existé, était néanmoins un médiocre musicien au point de vue des connaissances techniques. C'est ce qui un jour fit dire à Legros parlant à Sacchini : « Quel dommage que Garat chante sans musique ! » A quoi Sacchini répondit aussitôt : « Sans musique ! Mais Garat est la musique même. »

Le billet qu'on va lire, adressé à Pleyel, nous donne la mesure du peu de savoir musical de ce merveilleux chanteur en même temps qu'il nous fait voir sa naïve et franche modestie. Je cite :

« Mon cher monsieur Pleyel, je vous souhaite bien le bonjour. Vous seriez tout à fait aimable de transcrire vous-même nos arrangements relativement à ma musique ; car je n'y entends rien. Veuillez donc bien fixer vous-même le petit revenu que je dois tirer de mes ouvrages, comme en étant le propriétaire.

« Salut amical,

« J. GARAT. »

Ici, je demande la permission d'ouvrir une parenthèse pour un fait personnel.

Le *Figaro* ayant eu l'amabilité, par la plume spirituelle et bienveillante de M. Philippe Gille, de parler du *Nid d'autographes*, il me fallut répondre à mon excellent confrère, ce que je fis par la lettre suivante parue dans le *Figaro* du 13 mars 1885.

A PROPOS DE GARAT

A Monsieur Philippe Gille,

Monsieur et cher confrère,

Avec une tout aimable bienveillance dont je vous suis reconnaissant, vous avez signalé aux lecteurs du *Figaro* le petit livre que je viens de publier chez Dentu sous ce titre : *un Nid d'autographes*, et qui se compose de lettres de célèbres musiciens adressées à MM. Ignace et Camille Pleyel, les fondateurs de la manufacture de pianos Pleyel, Wolff et Cie.

Votre éloge m'est d'autant plus précieux que, je le vois, vous avez apporté la plus grande attention à lire les commentaires dont chaque lettre de mon recueil est l'objet. Vous me reprenez sur un point, je vous en remercie.

Un jour, au siècle dernier, un homme de lettres, rencontrant Diderot, lui dit :

— Je viens de lire votre dernier ouvrage.

— Qu'y avez-vous trouvé à reprendre ? demanda aussitôt l'auteur du *Neveu de Rameau*.

— Mais, rien, répliqua l'interlocuteur.

— Alors, dit avec conviction le plus spirituel des encyclopédistes, vous ne l'avez pas lu.

En effet, on écrit pour dire des vérités quelquefois, pour se tromper plus ou moins toujours.

Pourtant, en ce qui concerne l'erreur dont je me serais rendu coupable en citant la lettre du grand chanteur Garat, il me semble qu'elle est au moins discutable. C'est un point de notre histoire musicale à éclaircir et je vous demande la permission, pour y voir clair, d'allumer ma lanterne. Je cite d'abord vos paroles où se trouve mon acte d'accusation :

« Le commentaire dont M. Oscar Comettant accompagne ces précieuses reliques du passé est généralement spirituel et instructif. Il y a cependant un point où je ne suis pas d'accord avec lui. En parlant de Garat, qui ne fut pas seulement un compositeur agréable et un chanteur exquis, mais encore un professeur de la plus grande école, M. Oscar Comettant croit trouver la preuve du peu de savoir musical de cet artiste célèbre dans la lettre suivante adressée à un éditeur : « Vous seriez tout à fait aimable de transcrire vous-« même *nos* arrangements relativement à *ma* musique, « car je n'y entends rien. Veuillez donc fixer vous-« même le petit revenu que je dois tirer de mes ou-« vrages comme en étant le propriétaire. » Il me semble clair comme le jour que les arrangements dont parle Garat sont des arrangements pécuniaires relativement « à sa musique », comme il le dit expressément. Donc je demande à M. Oscar Comettant une réparation d'honneur pour Garat, dans la prochaine édition de son intéressant travail. »

Est-ce que vraiment je dois à Garat « l'illustre » (car ils furent deux frères qui tous les deux furent chanteurs) une réparation d'honneur pour avoir, tout en rendant pleine justice à sa voix merveilleuse et à son instinct admirable du chant, méconnu sa science musicale ? Examinons.

Vous paraissez, mon cher confrère, ne tenir aucun compte, pour l'interprétation de la lettre de Garat, du mot de Legros à Sacchini que j'ai cité et que voici.

Parlant à l'auteur d'*Œdipe à Colone*, le célèbre ténor de l'Opéra lui dit : « Quel dommage que Garat chante sans musique ! » A quoi l'illustre compositeur répondit : « Sans musique ! Mais Garat est la musique même ! » Qui ne comprendrait le véritable sens de cette réponse !

Oui, Garat avait un merveilleux instinct musical, mais l'instinct n'est pas la technique, et l'on peut chanter à ravir tout en étant incapable de mettre la bonne basse sous un chant, à plus forte raison d'écrire en parties pour plusieurs instruments.

Mais voici qui me paraît devoir dissiper tous les doutes relativement à la science musicale de Garat, que j'aurais méconnue en le soupçonnant d'avoir demandé à Pleyel de faire des arrangements sur sa musique.

Le plus savant, le plus érudit des musicologues passés et présents, Fétis, dans un article enthousiaste sur Garat, constate à deux reprises que l'incomparable chanteur était à peine musicien. Je cite :

« Il est difficile de prévoir les résultats qu'il aurait obtenus, si la partie technique de son art eût été, dès l'enfance, la base de son éducation. »

Et plus loin :

« On a dit souvent que Garat n'était pas musicien ; il est vrai qu'il ne lisait pas avec facilité à première vue. Il avait besoin de déchiffrer seul et lentement à son piano, ou d'entendre une fois le morceau dont il voulait prendre une idée. »

Voilà qui est « clair comme le jour », le plus grand chanteur français du siècle dernier n'était pas musicien.

Maintenant il est possible, peut-être même est-il probable, que je me sois trompé sur le sens de la lettre de Garat à Pleyel — qui était à la fois compositeur, éditeur de musique et facteur de pianos — et qu'il n'ait voulu parler que d'arrangements pécuniaires, comme vous le pensez, mon cher confrère. Mais il est possible aussi qu'il soit question d'arrangements pour bande militaire ou pour plusieurs instruments en pot-pourri de quelques-unes des romances de Garat.

En tout cas, il me semble que je ne devrais une réparation d'honneur au secrétaire particulier du comte d'Artois, au professeur de chant de la reine et de plusieurs cantatrices devenues célèbres, que si j'avais méconnu sa science musicale ; or, il est constant qu'il n'a pas écrit les accompagnements de ses romances.

Je vous sais assez peu fait comme le premier venu, mon cher confrère, pour n'être pas sûr que vous me pardonnerez si j'ai raison. Si j'ai tort, je vous devrais une double reconnaissance.

Veuillez recevoir l'expression de mes meilleurs sentiments. OSCAR COMETTANT.

Quelques jours plus tard, mon sympathique et érudit confrère, M. Achille Denis, écrivait ce qui suit dans l'*Entr'acte*, après avoir reproduit notre réponse au *Figaro :*

« A la suite de cet article de M. Oscar Comettant, nous croyons curieux de citer les lignes suivantes de Grétry sur les chanteurs *non-musiciens* en général, — et sur Garat et Mme Dugazon en particulier :

« Dans le *Comte d'Albret*(1), comme dans beaucoup d'autres pièces, essayer de faire l'éloge de Mme Duga-

1. Opéra en deux actes, et la suite en un acte, par Sedaine, de l'Académie française, musique de Grétry ; représentés à Fontainebleau, le 13 novembre 1786 et à Paris, le 8 février 1787

zon, c'est vouloir expliquer la nature : elle entraîne par ses beautés et nous force au silence.

« Cette femme admirable ne sait point la musique. Son chant n'est ni italien ni français, mais celui de la chose. Elle m'oblige à lui enseigner les rôles que je lui destine et j'avoue que c'est en tremblant que je lui indique mes inflexions de peur qu'elle ne les substitue à celles que lui inspire un plus grand maître que moi.

« Lorsqu'un heureux instinct favorise un individu, on doit le laisser agir. L'on m'a dit cent fois que Garat serait le meilleur chanteur de l'Europe s'il *savait la musique* et s'il consultait les maîtres à chanter ; il est élève de la nature, et s'il connaissait le danger de manquer aux règles de l'art, nous perdrions ce qu'on trouve rarement : les élans d'un heureux instinct, pour gagner ce qu'on entend partout : les accents de convention. »

Voilà donc la question Garat bien vidée, à ce que je pense. Je ferme en conséquence la parenthèse et je poursuis.

Mon Dieu ! qu'allais-je faire? Dans ce triage d'au

tographes sans ordre et reproduits sans aucun classement, j'allais oublier de bien curieux documents. Ce sont des circulaires envoyées à Pleyel. Je transcris sans aucun commentaire ces curieux avis dont le premier est daté du 10 frimaire, an II de la République :

« Monsieur,

« Cherubini, Méhul, Kreutzer, Rode, M. Isouard et Boïeldieu, artistes compositeurs, s'empressent de vous faire part qu'ils ont ouvert un magasin de musique à Paris, rue de la Loi, vis-à-vis celle de Ménars, n° 268. — On trouvera dans ce magasin toute la musique qui a paru jusqu'à ce jour, et exclusivement tous les ouvrages des susdits auteurs associés, ainsi que toutes les nouvelles productions de Viotti. On y trouve, de même, des cordes de Naples de première qualité et à un prix modéré. Les associés, désirant entrer en relations d'affaires avec vous, vous prient de reconnaître les deux signatures de la raison de commerce.

« CHERUBINI, MÉHUL ET Cie. »

Décidément les artistes ne sont pas commerçants. Voici la seconde circulaire :

« Paris, le...

« Nous avons l'honneur de vous faire part que le terme de notre société étant sur le point d'expirer, nous nous sommes déterminés d'un commun accord à renoncer au commerce de musique.

« En conséquence, nous vous prévenons que notre fonds de musique est en vente.

« Cherubini, Méhul et Cie. »

Plus je fouille un peu fiévreusement dans ces précieux paquets de lettres, plus je comprends la noble passion des bibliophiles et des collectionneurs en toutes sortes d'objets curieux.

Voici du Berlioz. C'est du Berlioz adolescent, innocent, ignorant, mais confiant et audacieux. Comme un aiglon qui sent ses plumes naître et de son nid sonde du regard l'espace dont il prendra bientôt possession, il fait à la célébrité qu'il envie déjà son premier appel et veut prendre rang. Il n'est jamais sorti de son pays natal, son nom est absolument inconnu du monde musical, il n'a peut-être jamais encore entendu un orchestre, mais il a rempli à ses moments perdus, quelques portées de notes jetées au hasard de son instinct, et il demande au burin d'un graveur de les faire passer à la postérité.

Il écrit à Pleyel de la Côte-Saint-André, le 6 avril 1819, pour lui proposer de graver ses premiers essais de composition.

Quels souvenirs intéressants et quelles réflexions sur la carrière d'artiste n'éveille pas cette lettre, la première, à coup sûr, qui fixe une date dans la vie musicale de Berlioz !

L'auteur de la *Damnation de Faust*, étant né dans la petite ville de la Côte-Saint-André, le 11 décembre 1803, il n'avait donc pas tout à fait seize ans quand il écrivit à Pleyel. Destiné à la médecine par son père, médecin lui-même, écrivain scientifique et amateur de musique sur le flageolet et sur la flûte. Berlioz étudiait à contre-cœur l'art de guérir, auquel il ne crut guère jamais, quand toutes ses aspirations, toute son âme ardente de poète, étaient tournées vers l'art des sons auquel il croyait considérablement, depuis surtout que, par hasard, à quatorze ans.

il avait lu la biographie de Gluck et de Haydn dans la *Biographie des Musiciens*.

« Être médecin, étudier l'anatomie, disséquer! au lieu de me livrer corps et âme à la musique, cet art sublime dont je connaissais déjà la grandeur ! Quitter l'Empirée pour les plus tristes séjours de la terre ! les anges immortels de la poésie et de l'amour et leurs chants inspirés pour de sales infirmiers, d'affreux garçons d'amphithéâtre, des cadavres hideux, les cris des patients, les plaintes et le râle précurseur de la mort (1)! »

Jusqu'au moment où pour la première fois, après avoir terminé ses classes, il quitta le pays natal et vint se fixer à Paris (1822), Berlioz ne savait guère la musique que d'instinct. Mais un instinct comme le sien vaut tout un conservatoire.

Son père, pour l'encourager à étudier la médecine et le récompenser de suivre assidûment son cours d'ostéologie, lui avait enseigné le flageolet et la flûte.

1. *Mémoires* de Berlioz.

Celui qui devait concevoir les étonnants effets d'orchestre de la *Symphonie fantastique* et devenir en fait d'instrumentation le maitre de Richard Wagner, avait surpris du professeur de guitare de sa sœur le doigté de cet instrument, avant de prendre des leçons de ce même professeur qui fut un nommé Imbert, de Lyon.

On a dit et souvent répété que Berlioz n'avait joué que de la guitare; c'est une erreur comme on voit. Il semble même avoir été d'une certaine force sur la flûte, puisqu'il exécutait les concertos de Devienne.

Quant à l'harmonie, il la devina à moitié en cherchant, mais vainement, à comprendre le traité de Rameau commenté et simplifié par d'Alembert, sans que pour cela il fût rendu plus clair. Citons encore les *Mémoires* :

« Je voulus composer. Je faisais des arrangements de duos en trios et quatuors, sans pouvoir parvenir à trouver des accords ni une basse qui eussent le sens commun. Mais à force d'écouter des quatuors de Pleyel exécutés le dimanche par nos amateurs et grâce au *Traité d'harmonie* de Catel, que j'étais parvenu à me procurer, je pénétrai enfin et en quelque sorte subitement le mystère de la formation et de l'enchaînement des accords. J'écrivis aussitôt une espèce de pot-pourri à six parties sur des thèmes italiens dont j'avais un recueil. L'harmonie en parut supportable. »

C'est ce sextuor que Berlioz, avec cette belle assurance de la jeunesse enthousiaste, offrit à Pleyel par la lettre qu'on va lire :

« La Côte-St-André, le 6 avril 1800.

« Monsieur,

« Ayant le projet de faire graver plusieurs œuvres de musique de ma composition, je me suis adressé à vous, espérant que vous pourriez remplir mon but. Je désirerais que vous prissiez à votre compte l'édition d'un pot-pourri composé de morceaux choisis, et concertant, pour flûte, cor, deux violons, alto et basse. Voyez si vous pouvez le faire et combien d'exemplaires vous me donneriez. Répondez-moi au plus tôt, je vous prie, si cela peut vous convenir, combien de temps il vous faudra pour le graver, et s'il est nécessaire d'affranchir le paquet.

« J'ai l'honneur d'être, avec la plus parfaite considération, votre obéissant serviteur.

« HECTOR BERLIOZ. »

« Mon adresse est : à M. Hector Berlioz, à la Côte-St-André, dép. de l'Isère (1). »

Il est probable que Pleyel ne prit aucune attention à la proposition de publier un pot-pourri en sextuor sur des airs italiens arrangés par un jeune homme perdu dans un petit pays du midi de la France et qui n'était pas même professeur de musique. Si cette lettre dont Berlioz ne parle pas dans ses *Mémoires* a été conservée, c'est par un hasard heureux, car Pleyel, ne pouvant prévoir les destinées illustres du petit amateur de la Côte-Saint-André, n'y avait évidemment ajouté aucune importance.

1. On verra par le *fac-similé* de cette lettre que Berlioz, ayant fait ses humanités et étant d'une certaine force sur la flûte, écrivit le nom de cet instrument avec deux *t*. *Errare humanum est*, comme lui aurait dit son professeur de rhétorique.

Ce sextuor, comme deux quintettes et tous les essais de composition de Berlioz jusqu'à son arrivée à Paris, ont été jetés au feu par leur auteur.

Il est regrettable que ce sextuor, même en le supposant sans valeur musicale un peu sérieuse, n'ait pas été publié. On aurait à le lire aujourd'hui le même intérêt de curiosité qu'on apporte à jouer les premières sonatines de Mozart, composées par l'auteur de *Don Juan* à l'âge de cinq ou six ans.

Tout cependant n'a pas été perdu des essais de Berlioz à la Côte-Saint-André.

Le compositeur, en écrivant quelques années plus tard sa première composition orchestrale, se souvint d'un thème du dernier de ses quintettes, et il ne dédaigna point de le faire revivre comme un phénix qui renaît de sa cendre.

C'est le chant en *la* bémol exposé par les premiers violons un peu après le début de l'allégro de l'ouverture des *Francs-Juges*.

Un air de romance échappa aussi à l'autodafé de la Côte.

Cet air est aujourd'hui dans la mémoire de tous les musiciens. Citons encore Berlioz :

« Quant à la mélodie de cette romance, brûlée comme le sextuor, comme les quintettes, avant mon départ pour Paris, elle se représenta humblement à ma pensée lorsque j'entrepris, en 1829, d'écrire une symphonie fantastique. Elle me sembla convenir à l'expression de cette tristesse accablante d'un jeune cœur qu'un amour sans espoir commence à torturer, et je l'accueillis. C'est la mélodie que chantent les premiers violons au début du *largo* de la première partie de cet ouvrage intitulé : RÊVERIES, PASSIONS ; je n'y ai rien changé. »

Ne faisant point ici une étude des compositeurs dont nous donnons les autographes, ne faisant guère que signaler les circonstances dans lesquelles se sont produites les lettres que nous reproduisons, nous passerons sans transition de Berlioz à Rouget de Lisle.

L'immortel auteur de la *Marseillaise*, le plus bel hymne de guerre connu jusqu'à ce jour, et qui valut à son auteur le glorieux surnom de «Tyrtée de la France », ne fut jamais riche, et mourut pauvre, sinon misérable.

« Rouget de Lisle, écrit Fétis, ne se rallia pas à l'empire et fut négligé par Louis XVIII et Charles X. Il vivait sans emploi et dans une situation peu fortunée. Après les journées de 1830, Louis-Philippe lui accorda une pension de 1.500 francs sur sa cassette particulière, et vers 1832, sur les instances de notre illustre chansonnier Béranger, il obtint deux autres pensions sur la caisse des ministres de l'intérieur et du commerce. Il était alors retiré à Choisy-le-Roi, chez un ami dévoué ; il y mourut le 27 juin 1836. »

Voici le catalogue peu connu des œuvres littéraires et musicales de ce célèbre capitaine de génie, et qui fut, au moins un jour, inspiré par le patriotisme, un artiste de génie.

Rouget de Lisle a publié en 1796 un volume intitulé : *Essais en vers et en prose*. Ce petit in-8° est devenu une rareté bibliographique. Peu de temps après la prise de la Bastille, il écrivit à Besançon les paroles d'un chant patriotique sur un air connu.

Rouget de Lisle ayant ajouté deux strophes à ce chant, il fut mis en musique avec orchestre par Ignace Pleyel. Les Strasbourgeois le chantèrent le jour de l'acceptation de la Constitution, le 25 septembre 1791.

A-t-on remarqué que ce fut sept mois après, jour pour jour, que Rouget de Lisle écrivit dans cette même ville de Strasbourg ce chant de guerre devenu l'air national des Français, connu sous le nom de la *Marseillaise ?*

Mais continuons.

Rouget de Lisle a écrit quatre livrets d'opéras : 1° *Almanzor et Féline*, trois actes ; 2° *l'Aurore d'un beau jour ou Henri de Navarre*, en deux actes ; 3° *Bayard en Bresse*, comédie en quatre actes, musique de Champein. Cette pièce, jouée une seule fois le 21 février 1791, renferme quelques airs de Rouget de Lisle. Les deux précédentes pièces n'ont pas été représentées et se trouvent — nous apprend M. Wekerlin — dans la collection d'autographes de M. Pochet-Deroche ; 4° enfin, *Macbeth*, musique de Chelard, représentée en 1827.

De quelle année sont les deux lettres de Rouget de Lisle qu'on va lire, adressées à Pleyel ? Nous ne saurions le dire exactement, car elles ne portent point de millésime. Toutefois il est permis de supposer qu'elles ont été écrites vers 1810, époque où l'auteur de la *Marseillaise*, oublié et délaissé, cherchait dans la poésie et la musique qu'il n'avait jamais cultivées qu'en simple amateur, étant militaire de son état, des ressources pour vivre.

Rouget de Lisle jouait un peu du violon, et c'est en s'aidant de cet instrument que jaillit de son cerveau de patriote inspiré, dans la nuit à jamais fameuse du 24 avril 1792, à Strasbourg, le chant sublime, paroles et musique, intitulé d'abord : *Chant de guerre aux armées*, puis *Marche des Marseillais*, puis *Hymne des Marseillais*, puis enfin la *Marseillaise*.

C'est sous ce nom que ce chant patriotique fut connu du monde entier et exécuté partout avec enthousiasme.

Ce que nous venons de dire était indispensable à l'intelligence des deux lettres de Rouget de Lisle que nous faisons connaître ici.

Quant à la somme de *cent francs* mentionnée dans la dernière de ces lettres, il est à peu près certain qu'elle s'applique à la vente de quelqu'une des romances chevaleresques composées en diverses occasions par Rouget de Lisle et qui, plus tard, furent réunies dans un cahier sous ce titre : *Cinquante chants français*, musique de Rouget de Lisle.

Voici ces deux lettres du poète-musicien de la patrie en danger, dont on a dernièrement érigé la statue à Lons-le-Saulnier, sa ville natale. Elles sont, nous l'avons dit, adressées à Pleyel, qu'une étroite amitie liait au chantre national de la France, et écrites à un jour de distance l'une de l'autre.

« Vendredi, 6 mai.

« Depuis que tu m'as promis un autre violon, mon cher ami, je ne rêve plus que duos : on devient bête à la campagne, et j'y aurai moins de peine qu'un autre.

« Si tu ne m'as pas oublié, fais-moi le plaisir de remettre au porteur l'instrument que tu me destines. S'il n'est pas prêt, dis à mon homme quand il pourra l'aller prendre. Sois sûr que j'en aurai le plus grand soin.

« Adieu. J'ai quelque espérance de te placer un piano à tambourin.

« J.-R. de Lisle (1),

« aux Thernes, barrière du Roule, n° 233. »

1. L'auteur de la *Marseillaise* se nommait de tous ses noms Claude-Joseph Rouget de Lisle.

« Samedi, matin.

« Voilà cent francs qui me sautent aux yeux d'une manière irrésistible. Fais-moi le plaisir de me les envoyer ; j'espère les remplacer bientôt dans le boursicot. — Quant au paquet du général Beauvais, ce n'est pas la peine de me l'envoyer ; suppose que tu y aies songé ; je le prendrai moi-même tantôt.

« Bonjour.

« ROUGET DE LISLE.

« Tu peux remettre les 100 francs au porteur. »

C'est ici que se place tout naturellement la lettre écrite par Béranger à l'auteur de la *Marseillaise*. Rouget de Lisle avait demandé à Béranger l'autorisation de mettre en musique une chanson que venait de publier le *Journal général*. On verra, comme nous l'avons fait remarquer dans notre avant-propos, que Béranger ne connaissait pas alors l'orthographe du nom du célèbre auteur du plus célèbre des hymnes de guerre français depuis la Chanson de Roland. Au reste, — qui le croirait? — Béranger non seulement orthographiait mal souvent les noms propres, mais aussi les noms communs, les substantifs. Lui-même, dans une lettre à un ami, confesse qu'il ne put jamais apprendre parfaitement l'orthographe et qu'il lui arriva, en maintes circonstances, de changer une tournure de phrase pour éviter d'écrire un mot, une composition alphabétique douteuse dans son esprit. Voici cette lettre :

« Monsieur,

« Monsieur ROUGET DELILLE.

« J'ai l'honneur de présenter mes salutations respectueuses à monsieur Delille et m'empresse de répondre à sa lettre obligeante.

« Le titre de ma chanson est la *Sainte Alliance*. Si monsieur Delille a pris cette chanson dans le *Journal général*, il lui manque un couplet sans lequel il ne me serait pas agréable de la voir reproduire.

« Le voici, après : *Aucun épi n'est pur de sang humain :*

QUATRIÈME COUPLET

Des potentats dans nos cités en flammes
Osent, du bruit de leur sceptre insolent,
Marquer, compter et recompter les âmes
Que leur adjuge un triomphe sanglant ;
Faibles troupeaux, vous passez sans défense
Du joug pesant sous un joug inhumain.
Peuples, etc.

« Ce couplet se trouve dans l'imprimé que M. de la Rochefoucauld a fait faire et distribué, et la chanson paraîtra ainsi dans la *Minerve* sous les auspices de ce duc. Par conséquent, aucune considération de crainte ne peut en empêcher la publication en musique.

« Je remercie monsieur Delille de la bonté qu'il a eue de m'envoyer la jolie idylle et je l'en aurais remercié plutôt (*sic*), si je n'avais eu l'espoir de le rencontrer pour lui témoigner tout le plaisir qu'elle m'a fait.

« Son très dévoué serviteur,

« BÉRANGER. »

Rouget de Lisle, naturellement, se conforma au désir de l'illustre poète-chansonnier, et la *Sainte Alliance* figure avec tous ses couplets dans le recueil des compositions de de Lisle. C'est même un de ses airs les plus heureux et les plus nobles.

Chantée pour la première fois à Liancourt, à la fête donnée par M. le duc de la Rochefoucauld en réjouissance de l'évacuation du territoire français au mois d'octobre 1818, cette ode obtint un succès d'enthousiasme. La musique fut jugée digne des paroles. C'était la placer bien haut.

De Rouget de Lisle à Chopin, quel monde de sentiment ! Quoique, à vrai dire, tous les deux eurent ce point de contact, qu'ils aimaient leur pays au delà de tout et que la patrie chez eux fut la suprême inspiratrice.

On sait l'intimité qui unissait l'illustre pianiste-compositeur Chopin et Camille Pleyel. Voici du doux, du sensible et maladif poète du clavier, une courte lettre où il se peint lui-même tout entier, au moral comme au physique.

« A Camille Pleyel,

« Chérissime, voici ce que m'écrit M. Onslow. Je voulais aller vous voir et vous le dire, mais je me sens très faible et je me couche. Je vous aime toujours plus, si c'est possible.

« CHOPIN.

« N'oubliez pas, je vous prie, l'ami Herbeault. A demain donc, je vous attends tous les deux. »

La dernière fois que Chopin se fit entendre à Paris dans un concert, ce fut le mercredi 16 février 1848, huit jours avant la chute du roi Louis-Philippe et la proclamation de la deuxième République française.

Je m'en souviens, j'y étais ! Comme je l'ai dit dans ma causerie-préface, quoique bien nouveau dans le journalisme, je rendis compte dans le *Siècle* de cette mémorable soirée. Aussi n'est-ce pas sans l'émotion douce et fébrile qui se produit à la suite d'une circonstance par laquelle on se remémore brusquement un fait déjà lointain et charmant, que je découvris, parmi les autographes conservés par la maison Pleyel, ce billet imprimé jeté là par hasard sans doute et dont voici la rédaction :

SOIRÉE DE M. CHOPIN

DANS L'UN DES SALONS DE MM. PLEYEL ET Cie

20, RUE ROCHECHOUART

Le mercredi 16 février 1848 à 8 heures 1/2

Rang . . . . . . Prix 20 francs. . . . Place réservée.

Ce billet de concert ne ressemblait point aux autres billets de concert, pas plus que Chopin ne ressemblait aux autres pianistes. Les lettres, d'écriture anglaise, étaient gravées au burin et imprimées en taille-douce sur de beau papier mi-carton glacé, d'un carré long élégant et distingué.

J. J., autrement dit et plus clairement Jules Janin, avait annoncé dans un style qui peut paraître étrange à cette heure, mais qui lui était propre, cette soirée de l'illustre pianiste-compositeur. (*Journal des Débats*, 14 février 1848.) Je cite :

« Un mot encore sans plus : M. Chopin donne son concert, mardi prochain. Mais ce n'est pas, tant s'en faut, un adieu, un départ, une halte à la campagne. M. Chopin reste à Paris, le séjour de sa renommée et de son repos. »

Que d'erreurs dans ces quatre lignes ! C'était bien le concert d'adieu au public parisien que cette soirée ; elle n'était point annoncée pour le mardi, mais pour le mercredi ; enfin Chopin devait, peu de temps après ce dernier concert à Paris, entreprendre un voyage en Angleterre et en Écosse, et ne revenir à Paris que pour y mourir le 17 octobre 1849.

J'avais assisté au dernier concert public de Chopin, à Paris, j'assistai à ses funérailles, à la Madeleine, le

30 octobre. Et je fis de cette triste et imposante cérémonie un récit dans le *Siècle*.

Chopin avait eu toute sa vie une admiration quasi sainte pour le génie de Mozart : on exécuta le *Requiem* de ce souverain maître aux obsèques de ce souverain pianiste, et ce fut Meyerbeer qui conduisit l'exécution.

Les soli furent chantés par Mmes Viardot et Castellan, et par Lablache et Alexis Dupont. Lefebure-Wély tenait le grand orgue.

J'entends encore, en écrivant ces lignes, les sons voilés, attendris, pleins de larmes, déchirants de regrets et d'amour, de la célèbre *Marche funèbre*.

Quel bruissement dans toute l'église, quand le cercueil apparut et que chacun se leva pieusement pour saluer dans la mort le grand artiste, l'incomparable poète du clavier ! Ce bruissement causé par le mouvement des corps pliés pour la prière et se redressant spontanément, par le frôlement des étoffes, le déplacement des chaises, ce bruissement de respect à la vue du cercueil, je l'entends encore comme j'entends les premiers implacables accords de la *Marche* !

Le convoi passa sur le boulevard, les cordons du char funèbre étant tenus par Franchomme, Eugène Delacroix, Meyerbeer et le prince Czartoryski.

J'ai lu dans Fétis, que lorsque Chopin donna son dernier concert à Paris, il était si affaibli par la maladie, qu'il pouvait à peine marcher en se tenant courbé. Je n'ai pas vu cela. Chaque fois que Chopin vint sur l'estrade prendre place au piano, il marchait droit, sans aucune faiblesse apparente. Son visage était pâle, à la vérité, mais sans qu'il parût profondément altéré, et il joua ce soir-là comme il jouait toujours. En l'écoutant avec un recueillement admiratif, je me souvins vaguement de ce que, peu de temps auparavant, Moschelès avait écrit sur la musique et le jeu de Chopin :

« Son jeu *ad libitum* qui, chez ses interprètes, devient un manque de mesure, n'est chez lui que la plus charmante originalité. La dureté de certaines modulations dont je ne puis me tirer quand je les joue moi-même, cesse de me choquer quand ses doigts poétiques les exécutent en glissant délicatement sur l'ivoire. Il ménage ses *piani* de telle sorte qu'il n'a pas besoin d'employer aucun *forte* violent pour produire les contrastes voulus... Il est unique dans le monde des pianistes. »

Et maintenant veut-on savoir par quelles raisons Chopin affectionnait les pianos Pleyel ? Ces raisons devaient être de plus d'une sorte ; Liszt croit avoir trouvé la principale. Le passage est curieux :

« Chopin affectionnait les pianos Pleyel, particulièrement à cause de leur sonorité argentine un peu voilée, et de leur facile toucher qui lui permettait d'en tirer des sons qu'on eût crus appartenir à un de ces harmonicas dont la romanesque Allemagne conservait le monopole et que ses anciens maîtres construisaient si ingénieusement, mariant le cristal à l'eau. »

Chopin joua donc merveilleusement ce soir-là, sur un de ces *pianos-harmonicas*, de ses doigts magiques, de son âme de poète, et je n'ai pas besoin de dire qu'il fut rappelé, applaudi à outrance, acclamé avec enthousiasme. Franchomme partagea ce grand succès, le dernier qu'ils devaient obtenir ensemble.

J'ai ouï dire qu'ayant dépensé dans ce concert toute son énergie morale et physique, il y eut réaction et qu'il faillit s'évanouir dans le foyer des artistes. C'est qu'à ce moment le mal était profond et sans remède, c'est que les jours du grand artiste étaient comptés.

Son voyage en Angleterre les rendit plus pénibles et en abrégea le nombre.

Dans une lettre que Chopin écrit d'Écosse, il dit :

« Je m'affaiblis, je ne compose plus, non par faute de le vouloir, mais faute de le pouvoir. »

Dans une autre lettre il dit :

« Toute la matinée je suis incapable de rien faire ; à peine habillé, je dois me reposer. »

Et dans une autre encore :

« Je n'ai de sentiment pour rien ; je végète et j'attends ma fin prochaine. »

Mais je m'aperçois que je m'oublie dans mes souvenirs et qu'il s'agit ici de lettres autographes. J'y reviens.

Après Chopin, George Sand! Je trouve dans mon nid d'autographes une lettre de l'immortel écrivain dont le cœur et l'âme pendant un temps ne formèrent avec le cœur et l'âme de Chopin qu'un cœur et qu'une âme, et je n'hésite pas à la faire connaître ici, car certainement elle a échappé à l'investigation de ceux qui ont recueilli et publié récemment les lettres de George Sand.

« J'ai reçu hier, cher monsieur, le piano ressuscité, et plus agréable, je crois, qu'auparavant. Je ne sais comment vous remercier de cette belle cure à laquelle je dois de retrouver l'aimable parole d'un bon vieux petit ami. Mais, malgré ce que m'a écrit Mme Viardot de votre généreuse intention, dois-je accepter cette réparation gratuite? Ce n'est pas que la gratitude me coûte, mais enfin, le travail de vos artistes ouvriers? je crains d'être indiscrète et vous prie de mettre ma conscience en repos en me disant ce que je dois faire à leur égard.

« Agréez, cher monsieur, l'expression de mes sentiments affectueux et distingués,

« GEORGE SAND.

« Nohant, 29 août. »

Je ne puis résister, après avoir écrit ces deux noms, Chopin et George Sand, à n'y pas revenir un moment.

Dans la rupture éclatante de ces deux êtres, qui semblaient à jamais unis, de quel côté furent les torts ? Liszt a écrit ceci :

« L'énergique personnalité et le fulgurant génie qui consuma la délicate nature de Chopin, comme un vin trop capiteux détruit les vases trop fragiles qui le contiennent. »

Ce qui paraît certain, c'est que la lassitude et le désenchantement vinrent à tous les deux, et c'était fatal. L'admiration qui les avait rapprochés pour leur talent réciproque ne pouvait suffire à les tenir longtemps unis, et Mme Audley parle d'or lorsqu'elle dit : « Pour s'aimer dans la maladie comme dans la santé, pour se soutenir, se consoler, se pardonner, ni l'attrait de la beauté, ni le génie, ne suffisent : il faut le sentiment austère du devoir et la bénédiction du ciel qui purifie les mouvements du cœur et lui communique son incorruptibilité. Chopin ni George Sand n'en étaient pas là : ils ne pouvaient espérer d'y arriver jamais. »

La goutte de fiel qui fit déborder le vase d'amertume depuis longtemps déjà plein, — depuis le triste et curieux voyage à Minorque, — fut le roman que George Sand écrivit sous ce titre : *Lucrezia Flaviani.*

Dans ce roman, on voit un prince, Karol, nature maladive, fière, nerveuse, inquiète et jalouse, qui s'éprend d'un amour passionné pour Lucrezia, artiste renommée, arrivée à l'âge mûr et ayant des enfants. Ils s'aiment, mais Lucrezia meurt martyre du caractère férocement tendre du prince Karol.

Soit, comme le dit George Sand dans l'*Histoire de ma vie*, qu'il y eût entre elle et Chopin de mauvais cœurs, « de bons aussi, mais qui ne savent pas s'y prendre », soit que, sans demander conseil à d'autres qu'à lui-même, il s'empara d'un prétexte pour rompre une chaîne devenue trop lourde à porter, Chopin se reconnut ou voulut se reconnaître dans le prince Karol, et l'abîme de leur séparation fut creusé à jamais. George Sand protesta contre l'inte tion que lui avait prêtée son ami désillusionné. « Des ennemis — j'en avais auprès de lui qui se disaient des amis, comme si aigrir un cœur souffrant n'était pas un meurtre — des ennemis lui firent croire que ce roman était une révélation de son caractère. Sans doute à ce moment-là sa mémoire était affaiblie, il avait oublié le livre : que ne l'a-t-il relu ! »

Il y eut une dernière entrevue. Elle a été diversement racontée.

« Je le revis un instant en 1848. Je serrai sa main

tremblante et glacée. Je voulus lui parler, il s'échappa. C'était à mon tour de dire qu'il ne m'aimait plus. Je lui épargnai cette souffrance, et je remis tout aux mains de la Providence et de l'avenir. Je ne devais plus le revoir. »

Telle fut la fin de cette mémorable liaison.

Clementi, qui fut un des virtuoses pianistes les plus accomplis de son temps, dont les compositions inspirées par le génie sont encore aujourd'hui des modèles de musique de piano, Clementi, nous l'avons dit au commencement du présent petit livre, ayant perdu tout ce qu'il avait gagné comme professeur et comme virtuose, pour se refaire une nouvelle fortune s'établit éditeur de musique à Londres. Dans la lettre qu'on va lire, Clementi traite avec Ignace Pleyel pour l'édition des œuvres de ce dernier en Angletere. Il est curieux de voir deux éditeurs de musique porter comme compositeurs deux noms aussi célèbres que M. Muzio Clementi et Ignace Pleyel.

« Londres, le 29 juin 1802

« A monsieur Pleyel,

« Mon cher ami,

« Mes affaires dans ce pays me retiennent encore « quelque temps, et, pour dire la vérité, je ne sais « *quand* je pourrai partir pour la France. Je suis très « sensible à votre politesse et honnêteté en m'offrant « un lit dans votre maison ; mais je vous prie de ne « plus le garder pour moi, n'étant pas sûr du tout de « mon voyage. Cependant recevez-en tous mes remer- « ciements. Mon intention, en venant à Paris, était de « traiter pour les manuscrits de *votre* composition ; « mais, comme je ne puis (à présent) faire ce voyage, « je vous prie de m'écrire le plus tôt possible vos con- « ditions, pour pouvoir faire mes arrangements en « conséquence.

« Je voudrais posséder un livre de *trois sonates pour « le piano*, et si vous vouliez composer six sonates « pour le piano avec des airs écossais pour adagios, « andantes ou rondeaux, vous me feriez grand plaisir « en vous priant de me dire le prix, soit en argent, « soit en instruments. Enfin, j'espère que vous me

« donnerez la préférence pour Londres, pour tout ce « que vous composerez. Je vous prie instamment de « me donner réponse le plus tôt possible, et je serai « toujours

« Votre *grand* admirateur et ami et serviteur,

« MUZIO CLEMENTI. »

Sans donner plus d'importance qu'il ne convient à la personnalité artistique du pianiste-compositeur hollandais François-Charles Mansuy, il nous a paru curieux de reproduire une lettre de ce musicien d'esprit bizarre, par laquelle il recommandait le jeune Camille Pleyel à Mme Petitot, à Nantes.

Mansuy fut un pianiste de beaucoup de talent, de grande renommée en son temps et un compositeur de mérite. A force d'étudier les fugues de Bach, il était parvenu à les jouer nettement dans un mouvement d'une vivacité extraordinaire. Après avoir donné des concerts en Allemagne et y avoir fait imprimer son premier concerto et quelques autres pièces de musique, il vint à Paris, mais ne s'y fixa pas. Son humeur vagabonde et fantasque le porta successivement à s'établir comme professeur à Lyon, à Lille, à Bordeaux et à Nantes.

Dans la notice biographique que Fétis consacre à Mansuy, il n'est rien dit de son esprit baroque qui touchait de près à la folie. On va voir par cette lettre, dont le commencement est fort raisonnable, mais dont la fin est si étrange, que Mansuy était ce qu'on appelle familièrement un *toqué*.

« Madame,

« Connaissant votre goût éclairé pour les beaux-arts et l'intérêt que vous daignez prendre aux personnes qui les cultivent avec quelque distinction, j'ose vous recommander le porteur de la présente, M. Camille Pleyel, fils du célèbre auteur de ce nom, jeune homme de mes amis, parfaitement élevé, possédant un très beau talent sur le piano. Il ne professe d'aucune façon la musique ; le but de son voyage est d'étendre les relations commerciales de M. Pleyel son père, qui est maintenant à la tête de la première fabrique de France pour les pianos. J'espère, madame, que vous serez de mon avis quand vous les aurez entendus ; il doit arriver incessamment à Nantes et vous allez être à portée d'en juger.

« Pour faire ce que nous nommons en musique une transition, je vous dirai, madame, qu'il m'est arrivé, depuis mon départ de Nantes, les aventures du monde les plus extraordinaires. Je me réserve de vous les raconter une autre fois, *peut-être verbalement,* espérant vous divertir quelques instants. Pour le moment je me bornerai à vous dire que j'ai visité votre patrie, où j'ai eu l'honneur infini de jouer devant les premiers amateurs, mais en petit comité seulement. De là je suis allé à Paris. J'y ai fait beaucoup de musique et composé de gros cahiers. Je ne sais si j'ai réussi. On ne trouve pas toujours des amateurs tels que vous, madame, qui peuvent nous donner leur sentiment.

« Me voici maintenant à Bordeaux où je commence à m'ennuyer tant soit peu. Mais ce qui me console et me soutient, c'est l'espoir d'être à Nantes dans quinze jours.

« Oui, madame, je vais avoir l'honneur de vous revoir et de vous réitérer l'assurance de mon sentiment respectueux.

« Vous ne vous attendiez guère à cette *cadenza*

finale à laquelle j'ai voulu vous amener par toutes les modulations. Je désire qu'elle vous plaise ainsi qu'à madame votre maman, dont je conserverai toujours le souvenir bien cher. Je vais m'occuper de ma *fugue* et hâter la *stretta*. En attendant, je réclame encore vos bontés pour mon recommandé et suis avec le plus grand respect, madame, votre très dévoué serviteur *et maître*.

« C. MANSUY,

« Empereur des Pianistes,
« Roi des Organistes,
« Protecteur des Guittaristes,
« Et Médiateur des Harpistes. »

« Pour ne pas toujours parler *savate*, je vous prie, madame, d'avoir la complaisance de faire mes compliments à M. *Sailier*, s'il est encore à Nantes. »

Nous voici arrivé à l'une des lettres les plus importantes : un autographe de Beethoven, écrit sur une seule feuille de papier épais et d'assez grand format, d'une écriture aux contours fermes et bien arrêtés comme le caractère de ce puissant génie. On en pourra juger par le *fac-similé* que nous en donnons.

La lettre est en allemand.

Elle témoigne de l'amitié profonde qui liait Pleyel à Beethoven, et de l'estime du sublime compositeur pour celui qui eut la gloire de balancer un moment ses succès.

Je laisse parler le grand homme :

« Vienne, 26 avril 1807.

« Mon cher et honoré Pleyel,

« Que devenez-vous, vous et votre famille? J'ai souvent eu déjà le désir d'aller vous voir, mais jusqu'ici cela n'a pas été possible : la guerre en a été la cause en partie. S'il faut que cela continue à être un obstacle, ou si cela doit durer longtemps, on pourra bien ne jamais voir Paris.

« Mon cher *Camillus*, c'était le nom, si je ne me trompe, de ce Romain qui a chassé de Rome les barbares Gaulois. A ce prix je voudrais bien m'appeler ainsi pour les chasser de partout où ils ne sont pas à leur place. — Que faites-vous de votre talent, cher Camille? J'espère que vous ne le gardez pas pour vous seul. Je pense que vous en faites quelque chose de plus.

« Je vous embrasse tous les deux de cœur, le père

et le fils, et j'espère qu'en plus des choses commerciales que vous avez à m'écrire vous me direz beaucoup de choses sur vous et votre famille. Adieu, et n'oubliez pas votre véritable ami.

« BEETHOVEN. »

La lettre que nous venons de reproduire est entièrement écrite de la main de Beethoven, et, l'on peut le dire, sous la dictée de son cœur. Celle que l'on va lire — en allemand aussi, comme la première — n'est pas de la main de l'illustre compositeur, qui s'est borné à la signer. C'est, comme on le va voir, une lettre d'affaires, qui, précisément par ce motif, présente un vif intérêt.

« Que les temps sont changés ! me disait dernièrement une vieille dame, femme du monde, ce qui ne l'empêche pas d'être bonne ménagère. Autrefois, dans ma jeunesse. tout se fabriquait mieux avec de meilleures matières premières, avec plus de soin ; cela durait plus que les objets similaires d'aujourd'hui, et cela coûtait incomparablement moins cher. »

J'ai pensé à cette observation de la vieille dame en transcrivant la lettre qui suit, où Beethoven fixe lui-même le prix si étonnamment modeste pour l'édition de ses œuvres en France. Ah ! oui, certes, les temps sont changés !

« Vienne, le 26 octobre 1807.

« A M. Ignace Pleyel, compositeur et éditeur de « musique, à Paris.

« J'ai l'intention de confier à la fois le dépôt de six « œuvres ci-dessous à une maison de Paris, à une « maison de Londres et à une maison de Vienne, à la « condition que dans chacune de ces villes elles « paraîtront ensemble à un jour déterminé. De cette « façon, je crois satisfaire mon intérêt en faisant « connaître rapidement mes ouvrages, et sous le « rapport de l'argent je crois concilier mon propre « intérêt et celui des différentes maisons de dépôt.

« Les œuvres sont :

« 1° Une symphonie.

« 2° Une ouverture « écrite pour la tragédie de « *Coriolan*, de Collin.

« 3° Un *concerto de* « violon.

« 4° Trois *quatuors*.

« 5° Un *concerto pour* « *piano*.

« 6° *Le concerto* pour « violon, arrangé pour le « piano avec des notes « additionnelles.

« Je vous propose le dépôt de ces œuvres à Paris ;
« et pour éviter de traîner la chose en longueur par
« des correspondances, je vous l'offre tout de suite au
« prix modéré de 1.200 florins d'Augsbourg contre la
« réception des six œuvres, et votre correspondant
« aurait à s'occuper de l'expédition. — Je vous prie
« donc de me donner une prompte réponse, afin que,
« ces œuvres étant toutes prêtes, on puisse les remet-
« tre sans retard à votre correspondant.

« Quant au jour où vous devrez les faire paraître, je
« crois pouvoir vous fixer, pour les trois ouvrages de
« la première colonne, le 1er septembre, et pour ceux
« de la seconde colonne, le 1er octobre de la présente
« année.

« Ludwig VAN BEETHOVEN. »

Cette lettre, on a pu le remarquer, est de la même date que la précédente. Les deux lettres sont parvenues à Pleyel sous la même enveloppe.

Après la lecture de ces correspondances, il est très curieux de rapporter ce qui se rattache à Beethoven dans deux lettres de Camille Pleyel, l'une datée de Vienne, 27 prairial an XIII, que nous avons citée plus haut, à propos de Haydn, l'autre datée de Vienne aussi quelques jours après, du 26 messidor. Voici le passage sur Beethoven de la première de ces lettres :

« On nous a menés chez Beethoven, et quand nous étions près de chez lui, nous l'avons rencontré. C'est un petit trapu, le visage grêlé et d'un abord très malhonnête. Cependant quand il a su que c'était Pleyel, il est devenu un peu plus honnête; mais comme il avait affaire, nous n'avons pas pu l'entendre. »

Beethoven, en effet, n'était rien moins qu'un homme aimable. Mais il rachetait les rudesses de ses manières et ses emportements souvent irréfléchis par une grande bonté et une sensibilité exquise.

Le grand pianiste-compositeur Hummel avait conservé deux billets de Beethoven qui montrent avec quelle violence le grand symphoniste s'emportait au moindre soupçon et aussi avec quelle promptitude il revenait sur d'injustes préventions. Voici le premier billet dans toute sa laconique grossièreté :

« Ne mets plus le pied chez moi. Tu n'es qu'un chien d'hypocrite, et puisse le bourreau tordre le cou à toutes les bêtes malfaisantes de ton espèce !

« BEETHOVEN. »

Gardant son sang-froid devant cette apostrophe, Hummel n'eut pas de peine, sans doute, à se laver d'un crime imaginaire. Le lendemain, il recevait le mot suivant :

« Mon petit cœur de beurre,

« Tu es un honnête garçon ; tu avais raison, je le vois à présent très bien. Viens cet après-midi, tu trouveras Schuppanzigh chez moi, et tous deux nous t'embrasserons, cajolerons, dorloterons, que ce sera une bénédiction. Je te serre dans mes bras.

« Ton BEETHOVEN.

« dit aussi *Fleur de miel.* »

Voici le second passage où Camille Pleyel raconte qu'il entend pour la première fois Beethoven jouer du piano et improviser.

Rien de plus curieux que ces lignes écrites sous l'impression du moment et avec une entière sincérité :

« Enfin j'ai entendu Beethoven, il a joué une sonate de sa composition et Lamaré l'a accompagné. Il a infiniment d'exécution, mais il n'a pas d'école, et son exécution n'est pas finie, c'est-à-dire que son jeu n'est pas pur. Il a beaucoup de feu, mais il tape un peu trop ; il fait des difficultés diaboliques, mais il ne les fait pas tout à fait nettes. Cependant il m'a fait grand plaisir en préludant. Il ne prélude pas froidement comme Woelfl ; il fait tout ce qui lui vient dans la tête et il ose tout. Il fait quelquefois des choses étonnantes. D'ailleurs il ne faut pas le regarder comme un pianiste parce qu'il s'est totalement livré à la composition, et qu'il est très difficile d'être en même temps auteur et exécutant. »

Encore une citation de valeur prise dans cette même lettre :

« On est bien moins connaisseur en bonne musique ici qu'à Paris, et Haydn n'est pas estimé comme il devrait l'être. Cependant les quatuors de papa ont fait et font du bruit. Le prince Lobkowitz et le comte Erdody voudraient absolument les avoir et ne les auront peut-être ni l'un ni l'autre, mais je n'en sais rien. »

Ignace Pleyel, pour être un compositeur de beaucoup d'imagination et de savoir, n'en était pas moins homme d'ordre par excellence. Il veut, comme dit le proverbe, qu'on apprenne en voyageant, et il a toujours sur lui un livret où il écrit ses dépenses et dans lequel il consigne ses réflexions.

Sur le livret qu'il tenait avec lui dans son voyage en Allemagne où il devait revoir pour la dernière fois son illustre maître Haydn et entendre Beethoven, on lit les courtes notes que voici. Elles sont instructives et paraissent originales par leur extrême brièveté :

« A Meaux, on est très mal.
« A Château-Thierry, pas trop bien.
« A Epernay, on est bien à la poste.
« A Châlons, on est écorché.
« A Sainte-Menehould, encore davantage.
« A Verdun, on est bien.
« A Metz, à la Diligence on est bien.
« A Saint-Avold, on est assez bien.
« A Hombourg, chèrement.
« A Kaiserslautern, on n'est pas bien.
« A Durs Keim, on est très chèrement.

« A Worms, assez bien.

« A Mayence, on est assez bien à l'hôtel des Trois-Couronnes. »

Eh bien, cher monsieur Antonio Rius, n'avais-je pas raison, en commençant, de vous dire que je réservais pour votre publication musicale un article « original, d'un intérêt saisissant, en un mot, de nature à faire sensation dans le monde harmonique » ? Le mérite ne m'en revient pas, et je dois la bonne fortune dont votre publication profitera au chef de la maison Pleyel, à M. Auguste Wolff. Qu'il reçoive ici l'expression de mes sincères remerciements avec mes compliments pour ses nouveaux et superbes pianos, qui sont l'honneur de notre fabrication artistique française.

Je vous envoie, mon cher et très honoré confrère, l'expression de mes meilleurs sentiments.

OSCAR COMETTANT.

Imp. de la Soc. de Typ. - Noizette, 8, r. Campagne Première. Paris.

Cherissime, voici ce que m'écrit

Mr Onslow. Je voulais aller vous

voir et vous le dire, mais je me

sens très faible et je me couche.

Je vous aime toujours plus si c'est

possible

Chopin

N'oublier pas je vous prie l'amie

[illegible]

je vous attends tous les deux. –

La Côte St André le 6 Avril 1819
Repondu le 10 Do

Monsieur

Ayant le projet de faire graver plusieurs œuvres de musique de ma Composition je me suis adressé a vous esperant que vous pourriez remplir mon but ; Je desirerois que vous prissiez a votre Compte l'Edition d'un pot-pourri Concertant composé de morceaux choisis, et concertant pour flutte Cor, deux violons, alto et Basse ; Voyez si vous pouvez le t... et combien d'exemplaires vous [illegible],

Répondez moi au plus-tôt je vous prie si cela peut vous convenir combien de temps il vous faudra pour le graver et s'il est nécessaire affranchir le Paquet; J'ai l'honneur d'être avec la plus parfaite Considération votre Obéissant Serviteur

Hector Berlioz.

Mon adresse est : à Mr Hector Berlioz.
à la Côte St André Dept de l'Isère

www.ingramcontent.com/pod-product-compliance
Lightning Source LLC
LaVergne TN
LVHW050419160826
845677LV00002BA/435